Zuimei Wen 最美文

陈晓辉　一路开花 / 选编

有一种爱上帝也为之动容

中央编译出版社
Central Compilation & Translation Press

图书在版编目（CIP）数据

有一种爱上帝也为之动容/陈晓辉，一路开花选编.
—北京：中央编译出版社，2017.1
ISBN 978-7-5117-3171-5

Ⅰ.①有… Ⅱ.①陈… ②一… Ⅲ.①随笔－作品集－中国－当代 Ⅳ.① I267.1

中国版本图书馆 CIP 数据核字（2016）第 260092 号

有一种爱上帝也为之动容

出 版 人	葛海彦
出版统筹	贾宇琰
责任编辑	邓永标　舒　心
责任印制	尹　珺
出版发行	中央编译出版社
地　　址	北京市西城区车公庄大街乙 5 号鸿儒大厦 B 座（100044）
电　　话	（010）52612345（总编室）　（010）52612371（编辑室） （010）52612316（发行部）　（010）52612317（网络销售） （010）52612346（馆配部）　（010）55626985（读者服务部）
传　　真	（010）66515838
经　　销	全国新华书店
印　　刷	北京紫瑞利印刷有限公司
开　　本	710 毫米 × 1000 毫米　1/16
字　　数	206 千字
印　　张	14
版　　次	2017 年 1 月第 1 版第 1 次印刷
定　　价	29.00 元
网　　址	www.cctphome.com　　邮　箱：cctp@cctphome.com
新浪微博	@中央编译出版社　　　微　信：中央编译出版社（ID：cctphome）
淘宝店铺	中央编译出版社直销店（http://shop108367160.taobao.com）（010）52612349

凡有印装质量问题，本社负责调换。电话：（010）55626985

目录
CONTENTS

第一辑　心心念念

邮差先生（文/师陀）……002

心心念念（文/段奇清）……004

有一种爱，上帝也为之动容（文/水玉兰）……009

爱情货车（文/侯拥华）……011

是谁在夜里跑步（文/漠泱）……015

蓝琳琳的心里，藏着一个秘密（文/张觅）……020

那株不开的水仙（文/怜子）……024

第一百朵玫瑰（文/燕子南飞）……028

露水和单车（文/〔美〕索尼娅·奥利维尔　唐风编译）……031

不完美（文/孙道荣）……034

爱是"药石"（文/奇清）……037

第二辑　善待生命里的缘

没有短信时的爱情（文/〔美〕大卫·维克西　孙开元编译）……042

年少情怀总是诗（文/朱国勇）……046

时间都去哪儿了（文/眷尔）……048

谁是最爱你的人（文/王举芳）……051

低头的温柔最可贵（文/季锦）……053

善待生命里的缘（文/雪子）……055

那个陪你一辈子的人（文/嵇振颉）……057

暖烘烘的爱（文/胡识）……059

爱与尊严（文/孙道荣）……061

第三辑　有你的冬天很温暖

信手推窗，偏见明月（文／庐江布衣）……066
雪域孤岛的爱情强信号（文／清翔）……070
有你的冬天很温暖（文／积雪草）……074
车夫不能上高速（文／雪炘）……077
用责任守望爱情（文／一枚芳心）……085
优雅等待花开（文／顾晓蕊）……088
这辆列车不到2046（文／凉月满天）……092
谈一场有祝福的恋爱（文／积雪草）……097
错过与过错（文／范文超）……100
错失的钱包（文／李莉）……106

第四辑　这场爱情比PORTS还温暖

无词歌（文／心是莲花开）……112
青梅且待竹马来（文／风絮）……116
外遇的代价（文／刘墨菲）……121
那场旖旎之后的春暖花开（文／冬凝）……127
爱情哭了（文／冬凝）……133
这场爱情比PORTS还温暖（文／邹华卫）……139
油腻男与素心女的幸福软着陆（文／邹华卫）……145
被狼外婆声音剧过的青春（文／雨街）……151

第五辑　爱就是这样一路走过来

爱就是这样一路走过来（文/季锦）…… 158
那时我们都那么年轻（文/胡识）…… 161
茉莉花的温馨（文/后天男孩）…… 163
我们在西瓜地里不见不散（文/阿识学长）…… 166
爱情，不是同一条河流（文/林玉椿）…… 171
冬天就这样被你温暖着（文/风絮）…… 175
忽有斯人可想（文/许冬林）…… 177

第六辑　旧爱是一个疼痛的影子

流年里的红裙子（文/芳心）…… 182
我用整个夏天同你告别（文/红川）…… 185
旧爱是一个疼痛的影子（文/一帘风絮）…… 190
假如樱花不曾说话（文/胡识）…… 196
从潇湘烟雨的梦境中醒来（文/朱向青）…… 199
长廊（文/雷碧玉）…… 204
时光篱蔓爬上青春眉梢（文/卜宗晖）…… 207
老橡树下（文/〔英〕休·辛普森 孙开元翻译）…… 210
和雨滴赛跑（文/李娜）…… 214

第一辑

心心念念

　　让对方放心是最真挚最动人的爱，两人携手并肩并非为了炙手可热时，他们爱的乾坤也就堪比日月长。

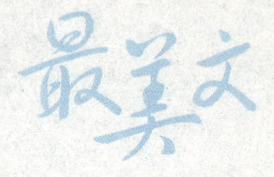

邮差先生

文 / 师陀

不要光赞美高耸的东西，平原和丘陵也一样不朽。

——菲·贝利

邮差先生走到街上来，手里拿着一大把信。在这小城里，他兼任邮务员、售票员，如仍有许多剩余时间的话就戴上老花镜，埋头在公案上剪裁花样。当邮件来到的时候，他站起来，念着将它们拣好，小心地扎成一束。

"这一封真远！"碰巧瞥见从云南或甘肃寄来的信，他便忍不住在心里叹息，他从来没有想到过会有比这更远的地方。其实他自己也弄不清云南和甘肃的方位——谁叫它们处在那么远，远到使人一生不想去吃它们的小米饭或大头菜呢？

现在邮差先生手里拿着的是各种各样的信，从甘肃和云南来的邮件毕竟很少，它们最多的大概还是学生写给家长们的。

"又来催饷了，"他心里说，"足够老头子忙三四天！"

他在空旷的很少有行人的街上走着，一面想着，如果碰见母猪带领着小猪，便从旁边绕过去。小城的阳光晒着他花白了的头，晒着他穿皂布马褂的背，尘土从脚下飞起，落到他的白布袜子上，他的扎腿带上。

在小城里，他用不着穿号衣，一个学生的家长又将向他诉苦，"毕业，毕我的业！"他将听到他听过无数次的，一个老人对于他的爱子所发的充满善意的怨言，他于是笑了。这些写信的人自然并不全认识他，甚至没有一个会想起他，但这没有关系，他知道他们，他们每换一回地址他都知道。

邮差先生于是敲门，门要是虚掩着，他走进去。

"家里有人吗？"他在过道里大声喊。

他有时候要等好久，最后从里头走出一位老太太，她的女婿在外地做生意，再不然，她的儿子在外边当兵。她出来得很仓促，两只手湿淋淋的，分明刚才还在做事。

"干什么的？"老太太问。

邮差先生告诉她："有一封信，挂号信，得盖图章。"

老太太没有图章。

"那你打个铺保，晚半天到局子里来领，这里头也许有钱。"

"有多少？"

"我说也许有，不一定有。"

你能怎么办呢？对于这个好老太太，邮差先生费了半天唇舌，终于又走到街上来了。小城的阳光照在他花白的头顶上，他的模样既尊贵又从容，并有一种特别风韵，看见他你会当他是趁便出来散步的。

邮差先生拿着信，顺着街道走下去，没有一辆车子阻碍他，没有一种声音教他分心。阳光充足地照到街道上、屋脊上和墙壁上，整个小城都在寂静的光耀中。他身上要出汗，他心里——假使不为尊重自己的一把年纪跟好胡子，他真想大声哼唱小曲。

为此他深深赞叹：这个小城的天气多好！

（原载《中学生阅读》（初中版）2011年第3期）

把一切平凡的事做好即不平凡，把一切简单的事做好即不简单。

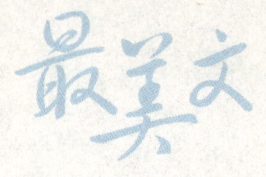

心心念念

文 / 段奇清

爱情原如树叶一样,在人的忽视里绿了,在忍耐里露出蓓蕾。

——何其芳

有的爱,似乎就是为了让对方放心的。

高中毕业填志愿之前,她心中就只有一所大学:清华。她听说,那年清华大学开始招收女生。可令她没想到的是,当年南方没有名额,她说:"没名额,那就等着呗!"母亲说,"哪里能等!"无奈之下她报考了东吴大学。

有时,当你生出一个念头并对其执著时,说不定在冥冥之中就要成全你一件事。只要与那件事有缘分,你的终归是你的。那年她虽说没上成清华,可并不等于机会的大门已经关上,可不是,机会之门又向她敞开了一道缝。

1932年初,东吴大学因学潮停课,二十一岁的她与三位朋友相约,到北平继续求学。清华大学那时并不招生,他们一起报考了燕京大学并同时被录取。后来当得知清华可以借读时,她毅然放弃燕京的学籍,做了清华的一名借读生。她的母亲后来打趣说:"阿季的脚下拴着月下老人的红丝呢,所以心心念念只想考清华。"

阿季即杨季康,笔名杨绛,"脚下拴着月下老人的红丝"指的是杨绛和钱钟书的姻缘。"三月牡丹呈艳态，壮观人间春世界"，三月是红成阵、绿成荫，一片生机勃发的季节，也是催动男女之情，让世界平添一桩桩美丽壮观爱情的日子。

正是三月的一天，杨绛和钱钟书在清华大学的古月堂门前相见了。如《圣经》中所说：有的时候，人和人的缘分，一面就足够了。因为，他就是你前世的人。杨绛见到钱钟书那一刻，心中似乎幡然而悟：自己一直想上清华，原来只为遇到他。

有人说她是被钱钟书眉宇间的"蔚然而深秀"所打动，应该是一见到他，她潜意识中就有"他就是我前世的人"的想法，钱钟书也仿佛这样想着，于是一种极为有趣的表白脱口而出："外界传说我已经订婚，这不是事实，请你不要相信。"杨绛立即回应："坊间传闻追求我的男孩子有孔门弟子'七十二人'之多，甚或有人说我已有男朋友，这也不是事实。"

还有什么话比这更直白的："我是自由身，你就放心追好了！"他们第一次见面，好像就是为了让对方"放心"。

从此两人便开始鸿雁往来，"越写越勤，一天一封"，直至杨绛觉出：他放假就回家了，我难受了好多时。是的，他们有写不完的情书，说不完的情话。三年后，两人幸福地牵手走入围城。

结婚不久，钱钟书在一件事上遇到了难处：他想到英国牛津大学深造，可担心自己走后妻子寂寞。杨绛笑了笑说："为什么要寂寞呢？我可以去英国陪读啊！"他沉吟一会儿，说，"好是好，不过你的学业就中断了。"那时，杨绛是清华大学研究院外国语文学系的学生。她说："只有我去了英国，你也就放心了，我为什么不去呢！"钱钟书见她说得诚恳，灵机一动："我们可以准备两份学费，你也去求学。"

在英国，杨绛更是一次又一次让他"放心"。钱钟书"书生气"十足且有着孩子般的童心，1937年，杨绛生女儿钱瑗住院，钱钟书独自住家里。几天后他去医院看望妻子时，低着头一副痴呆的样儿："我犯错误了，把墨

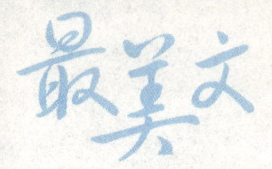

水打翻了,染了桌布。"杨绛说:"不要紧,我会洗。"第二天他又去了,说:"我又犯错误了,把台灯搞坏了。"她说,"不要紧,再去买一个。"一句句"不要紧"让钱钟书放心了。

世界太热,让对方放心,他们要追逐内心的一剂清凉。杨绛有篇散文名为《隐身衣》,文中直抒她和钱钟书最想要的"仙家法宝"莫过于"隐身衣",隐于世事喧哗之外,陶陶然专心治学。

1942年底,杨绛创作了话剧《称心如意》,在金都大戏院上演后,好评如潮。一天,钱钟书对杨绛说:"我想写一部长篇小说,你说行吗?"杨绛非常高兴:"我支持你,快动手写。"这就叫夫妇比翼齐飞。

为了让他放下心来写作,杨绛把家里的女佣辞退了,以通过节省开支来让他少上课多一些创作时间。她担水劈柴、生火做饭、洗衣拖地,缝纫制衣、翻墙爬窗……她就是要让自己的汗水化作丈夫的笔下珠玑。两年后,钱钟书被誉为"一幅栩栩如生的世井百态图"的《围城》问世。

她的这种从富家小姐心甘情愿地成为"灶下婢"的做法让婆婆称赞不已:"笔杆摇得,锅铲握得,在家什么粗活都干。真是上得厅堂,下得厨房,入水能游,出水能跳,钟书痴人痴福。"

为了让钱钟书这个"痴人"真正拥有痴福,杨绛除了平日细心地照料他外,她还有一种担心:不能让自己走在他的前面。"钟书病中,我只想比他多活一年,照顾人,男不如女。我尽力保养自己,争求'夫在先,妻在后',错了次序就糟糕了。"

为求得不错次序,杨绛一直严格控制饮食,少吃油腻。要加强营养时,她会买几根大棒骨敲碎煮汤,再将汤煮黑木耳,每天一小碗,保持骨骼硬朗。她还坚持每日早上散步、做大雁功,时常徘徊树下,低吟浅咏,呼吸新鲜空气。见自己的身体健康,她对自己就放心了。

他们的"放心"是真正的生死相依,钱钟书要是病了,杨绛常常是连续许多天,甚或几十天不离左右地陪伴照顾。当有人劝她回去休息时,她说:"钟书在哪儿,哪儿就是家。"钱钟书吃安眠药,她也吃,虽然她当时并不失眠。杨绛有时吃安眠药,钱钟书也总要陪着吃,说要中毒一块儿中。

好的身体给她帮了大忙,1994年,钱钟书住进医院,缠绵病榻,全靠杨绛一人悉心照料。不久,他们的女儿钱瑗也病了,住进医院。当时,钱钟书住在北京医院,钱瑗住在西郊的医院,父女俩相隔大半个北京城,已是八十多岁的杨绛来回奔波,辛苦异常。

钱钟书病到不能进食,只能靠鼻饲,医院提供的匀浆不适宜吃,杨绛就亲自来做。做各种鸡鱼蔬菜泥,炖各种汤,鸡胸肉剔得一根筋没有,鱼肉一根小刺都要除尽。

1997年,被杨绛称为"我平生唯一杰作"的爱女钱瑗去世。一年后,钱钟书临终,一眼未合好,杨绛附在他耳边说:"你放心,有我!"让对方放心是内心的沉稳和强大。

钱钟书去世后,为了让"你放心"不打折扣,她更加注意照顾好自己的身体,除了饮食外,还坚持每天在家里慢走7000步,直到现在她还能弯腰手碰到地面,腿脚也很灵活。"钟书逃走了,我也想逃走,但是逃到哪里去呢?我压根儿不能逃,得留在人世间,打扫现场,尽我应尽的责任。"

钱钟书生前曾说过要翻译柏拉图的《斐多篇》,已近九十高龄的杨绛硬是将《斐多篇》翻译出来。接着,她要对三人的爱作一个小结,2003年,《我们仨》出版问世,这本写尽了她对丈夫和女儿最深切绵长怀念的书,感动着无数中国人。

而时隔四年,九十六岁高龄的杨绛又意想不到地推出一本散文集《走到人生边上》,探讨人生的价值和灵魂的去向,被评论家称赞:"九十六岁的文字,竟具有初生婴儿般的纯真和美丽。"让对方放心是永远保持一颗赤子之心。

杨绛同时还将眼睛盯向了钱钟书留下的几麻袋天书般的手稿与中外文

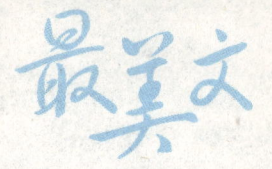

笔记。多达七万余页的笔记由于每一页都留着丈夫的手印，整理它们时，宛然抚摸着爱，抑或被丈夫的爱抚摸着。2003年，被整理得井井有条的三卷《容安馆札记》，以及一百七十八册外文笔记得以出版。2011年，二十卷的《钱钟书手稿集·中文笔记》也面世。如钱钟书地下有知，一定会完全放下心来。

杨绛依然追逐着内心的一剂清凉，生活中的她和钱钟书在世时一样，几乎婉拒一切媒体的来访。2004年《杨绛文集》出版，出版社准备大张旗鼓筹划其作品研讨会，她回绝说："稿子交出去了，卖书就不是我该管的事了。我只是一滴清水，不是肥皂水，不能吹泡泡。"

她还以全家三人的名义，将高达八百多万元的稿费和版税全部捐赠给母校清华大学，设立了"好读书"奖学金。为了不打扰别人，九十岁寿辰时，她专门躲进清华大学招待所住了几日"避寿"。

她早就借翻译英国诗人兰德那首著名的诗，写下自己无声的心语："我和谁都不争，和谁争我都不屑；我爱大自然，其次就是艺术；我双手烤着生命之火取暖；火萎了，我也准备走了。"

2016年5月25日，杨绛先生与世长辞。

让对方放心是最真挚最动人的爱，两人携手并肩并非为了炙手可热时，他们爱的乾坤也就堪比日月长。

（原载《今日文摘》2014年第19期）

爱一个人或被一个人爱，都是幸福的。为对方着想，不要让对方操心，就是我们爱的最好的方式！

有一种爱，上帝也为之动容

文/水玉兰

人生自是有情痴，此恨不关风与月。

——欧阳修

这世上的爱情分为两种，一种是烈火，爱到极致，燃烧自己也燃烧对方，精疲力竭时，爱便输给了时间；一种是石头，无声无息，无论时空如何变幻也不离不弃，好像此生就是为一场等待而来。

这爱如磐石的女子就是晚清重臣李鸿章的外孙女张茂渊。

当年，才貌俱佳有着显赫身世背景的23岁女孩张茂渊，在去英国求学的轮船上邂逅了同船留学的青年才俊李开弟。海天一色的背景很容易让人滋生浪漫情怀，果不然，这对才子佳人，想当然地演绎了一场一见钟情的爱情经典。

后来，李开弟了解到张茂渊的外祖父竟然是出卖国家利益，与洋人签署《马关条约》的洋务人臣李鸿章，血气方刚崇尚民族气节的李开弟便忍痛斩断了刚刚萌芽的情缘。

很长一段时间，张茂渊常常一个人在他们经常去的校外小径上流连。清晨……黄昏……寂寞的身影很是让人心疼。好友不忍看到她就这么煎熬着，便把李开弟订婚的消息告知了她，只为了让她死心。

如雷炸顶啊，半天才回过味的张茂渊含着泪说："不怨他，今生等不来

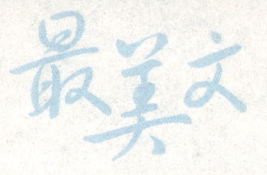

他，我等来生。"轻轻的一句誓言，这个痴傻的女人真的就用了半生的时光来执守。再也没爱过任何人。绮年玉貌在似水流年中一点、一滴消褪已尽，可心中炽热的爱却从来也不曾熄灭。

许是感动了上苍吧，十年浩劫反而成全了这个女人的心事。那时候，李开弟被打成反革命，在街道当清洁工人，亲友纷纷与他划清界限。这时候，张茂渊不避不闪，顶着半个世纪的风霜轻轻地向他走来，默默接过他手中的扫把，一下、一下用力地扫着，能说什么呢？岁月沧桑中沉淀下的感情，任何的语言都显苍白啊。

后来，李开弟终获平反，再后来老伴去世，张茂渊也已78岁的高龄。早已是银发如雪，朱颜不再。可这又有什么呢？名、利、时光、容颜，所有的一切与他们的爱都无法相提并论。李开弟一刻也不愿等待，立刻迎娶了这位为爱执守了半个多世纪的新娘。到场的嘉宾闻知他们的故事，无不潸然泪下。

天若有情天亦老，遇上这么痴傻的女人，天也无奈啊。终究到最后还是为他们眨了一下慈悲的眼睛。

（原载《文苑》2014年第8期）

> 痴情女人最可爱。每个男人都渴望自己的生命中会出现这样一个女人，对自己不离不弃。其实女人何尝不是这么想呢？

爱情货车

文/侯拥华

石榴半吐红巾蹙，待浮花浪蕊都尽，伴君幽独。

——苏轼《贺新郎》

她出山到县城上高中那年，是搭乘他的货车上的路。那时候，他开着一辆东风大卡，开得虎虎生风，威风极了。一路星辰，一路欢歌，彼此早已是熟识的街坊。

她说，叔，我到县城上学，你捎我一程。

他嘿嘿一笑，哎了一声，算是同意。

其实，那时候他也就长她两岁，提前毕了业，开着家里的货车跑运输。辈分只是街坊辈，如果站在一起，或许，还有人以为是兄妹俩呢。

山里人，出趟远门难，何况她是每周都要在学校和家之间来一次往返。他家里的那辆卡车，在她眼里就是宝贝了。

可是，那次的确是他们第一次这么近距离的接触。挤在并不宽绰的驾驶室里，开始，两人还是尴尬了一些时间。沉默一段时间过后，终于耐不住寂寞，才浅言浅语地聊了起来。

山里空寂，这黎明前的黑夜尤其孤寂得吓人，好在多一个人是一个伴儿。聊着聊着，这一路的漆黑与恐惧就没了踪影。

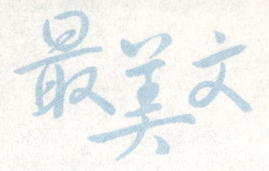

从此以后，每个周末，他都会把货车停在她所在学校的门口等她放学。待到周一的早晨，他再和她一同上路赶往县城。这样的时光，倏忽一闪，便是三年。

很快，他到了该婚娶的年龄，她则刚刚考上一所大学。他是喜欢她的，她亦然，只是彼此间没有挑明。在一次结伴的途中，他曾试探着说出心里话。他侧目看她的反应，发现她的脸涨得通红，目光里全是羞涩。她没说好，也没说不好。那天，她只是哈哈一笑，说，知道了。

那算是搪塞吗，还是欲言还休的同意呢？他不明白。

再后来，彼此相见，他的内心竟然有了一丝莫名的惆怅。他想，他不过是一个东奔西跑的货车司机，而她，却是令人羡慕的天之骄子。两人的差距不言而明，他们会走到一起吗？于是，自卑像野草一样在他心里疯长，一直长出紫色的哀伤与忧愁。

他想等她主动显露心迹，要不，他便放弃。仿佛，那次他说的是玩笑话而已，如一缕青烟，一阵风吹过，即散了。

她上了大学后，他再也不用接她送她，这便少了联系。分开后这一段长长的时光，让他更加清醒地意识到他们之间的距离，也让他变得更加惆怅。

一年后，他的货车路过她大学所在的城市。他想去看看她，便刻意为她作了停留，临时跑到校园里找她。她从一堆红男绿女中挤出来，随他到外面走走，还陪他吃了一顿晚餐。那天，她还叫他叔，一出口就把他推向了远方。她说，叔，没事儿就别跑这么远了。不过，放假的时候如果路过，倒是可以捎我回去的。

他心里先是一凉，接着一喜，便嘿嘿一笑，嗯了一声。其实，那天，他想给她说件事儿。他想告诉她，他娘已经托人给她家提亲了，不知道她什么意见。可话到了嘴边，他还是咽了回去，他害怕从她口中说出那个

"不"字。

末了,走的时候,他低着头,给她说了一句:"我娘给我找媳妇了,你怎么想?"她听了,吓了一跳,一副吃惊的样子,脸红红的,说:"好啊,你也老大不小了,也该给我找一个婶子了。"

他说出那句话就后悔了,她说出那句话后也有些吃惊。

走时,她有些心不在焉,而他的心却凉凉的,有冷风在吹。他想,事情果然和他料想得差不多。

再后来,他娘托去的人回话说,人家大人没答应,说等孩子回来再说。他便想,那不过是大人的托词而已,于是,便死了心。

大三那年的冬天,她放寒假回家,天冷得厉害,漫天都是雪花飞舞。他又一次路过她所在的城市,便载着她一同回家。那天,他其实已经决定,回家后应下邻村托人说的婚事。

那天,大货车在弯弯的山路上缓慢爬行,驾驶室外一片雪白。

意外的是,途中,货车突然熄火了。

很快,驾驶室里就冷起来了,其间,他下去修车,又爬上来,一副沮丧的样子。她看见他绝望的眼神,知道他们两人将在这里度过难熬的寒冷之夜。

为了保持体力,他们不再交谈,闭上眼睛听窗外呼呼的风在吹。他看她抖得厉害,便把自己身上的棉大衣脱下来,给她披上。后半夜的时候,她裹着大衣从梦中醒来,推了推他,发现他冻得已经不省人事,"哇"的一声,她吓得哭了起来。

她想,他不能死的,这次回家之前,她娘已经在电话里给她说清楚了,等她给他一个答复。之前她还犹豫不定,而她现在的答案是嫁给他。

她开始脱去棉衣,紧紧抱着他,试着用自己温热的身体去暖热他僵硬的生命。

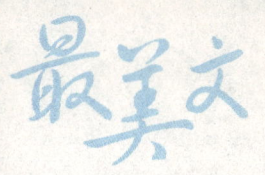

天亮的时候,他终于醒了过来。他发现他被她紧紧拥抱着,一缕阳光正打在她的脸上。望着她,他任凭幸福的眼泪在脸上肆意流淌……

那次遭遇,她读出他的深情,他明白了她的心声。

经过生死磨难的人,谁还会将他们分开?后来,他和她结婚了,他还是开着那辆货车载着她天南海北地跑。

那辆货车记载了他们爱情的点点滴滴。

(原载《语文报》2014 年第 28 期)

美好的爱情总是沉默的,在适当的时刻表达出来,然后就在一起了。可是那是需要用岁月去慢慢积累的感情。

是谁在夜里跑步

文 / 漠泱

> 我知道这世上有人在等我,但我不知道我在等谁,为了这个,我每天都非常快乐。
>
> ——佚名

一

耿小柔是在一款网络游戏里认识毕俊的。

同一个行会,组队下副本,行会频道上,毕俊经常看到耿小柔说话。妙语连珠,豪爽大气,开朗明媚,毕俊便有了印象,一起刷 BOSS 时,毕俊更是发现耿小柔颇有大姐风范。

俩人有点一见如故的感觉,便经常互动,后来就加了 QQ,报了彼此的真实姓名。毕俊说:"耿小柔,你这性格跟这名字有点不搭嘛,我觉得你叫耿小强更合适。"

耿小柔就发了个鄙视的表情给毕俊,顺便去了毕俊的空间。毕俊空间是有很多个人照片的,毕俊也的确英俊逼人。耿小柔说:"看来毕俊你是对得起自己这个名字的。"

可毕俊去耿小柔空间,一张照片也没有。只有一些耿小柔写的日记,看样子,有些才气,当然,这一点毕俊在平时跟耿小柔的交流中就感受

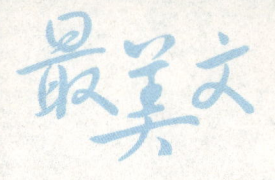

到了。

聊了半年多后,毕俊对耿小柔说:"我有了自己的游戏工作室,不如你来我这做事吧。"

耿小柔沉默了很久,后来还是坐了二十多个小时火车投奔毕俊去了。

二

在火车站,耿小柔远远就认出了毕俊。

他在出站口四处张望,直到耿小柔走到他面前拍拍他叫他的名字。四目相对,毕俊虽然笑得很热情,可耿小柔还是感觉到了他眼底的一丝惊讶和失望。耿小柔没有说话,这种眼神,耿小柔看过很多,而且远比这个力度大。

因为耿小柔的确配不上她的名字,耿小柔是个身高不足155,体重却近80公斤的胖姑娘。

但是耿小柔很坦然,她有恰到好处的幽默或冷幽默,自我调侃和自黑能力都非常高能。因此她说:"毕俊你是不是大失所望?不过你要知道,胖是一时的,丑才是一世的,所以不必太惊讶。"

毕俊笑了,提了她的行李带她去坐车。

耿小柔在毕俊的工作室住了下来,三室一厅一百多平方的套房,十来个员工,一间做工作间放电脑。其余的房间不够用,毕俊便自己睡在客厅里。

耿小柔后到,也没有单独的房间,毕俊打算再看看楼上楼下或附近有没有房间可租。耿小柔就说,得了,我也睡客厅地铺就是。

毕俊想说,那不方便也不安全,但是看了看耿小柔,又住了嘴。

耿小柔就自己动手,在客厅拉了个帘子,隔开了通往其他房间的门和毕俊的床位。毕俊的表情,一直有些僵,但热情周到也礼貌。耿小柔夜里想了想,第二天起床,就拍着毕俊的肩说:"哎,哥们儿,给我什么职务？"

毕俊的表情放松了下来，安排了事情给耿小柔，耿小柔便正式上了班。

三

耿小柔庆幸自己在游戏里完全无视了毕俊对她的异样情愫，也庆幸自己没有表现出任何对毕俊的喜欢，即使那个事实在很早前耿小柔就确定了。

这个男人，睿智，感性理性并存，温和，没有偏见，有上进心，不断在学习，混杂着成熟男人和孩子的特性，也并存着女性般的温柔和善解人意。

耿小柔想，自己鼓起了那么大的勇气才来到这里，即使不提爱情，呆在他身边也是好的。

于是，耿小柔白天跟毕俊和同事们谈笑风生，各种欢乐，她跟毕俊单独相处时，则是没有正形，扯东扯西或是聊与游戏相关的正事，但从不泄露一点喜欢他的意思。

看着女汉子一般的耿小柔，毕俊正式叫她为耿小强。并且开始与她无话不说，直至毕俊说，他爱上了同学的女朋友。

耿小柔发现，毕俊常常在夜里爬到楼顶，坐在天台上抽烟。耿小柔站在通往天台的门边，努力用阴影挡住自己胖大的身子，看着毕俊那张在夜色灯光里英俊却无比忧伤的脸。

耿小柔的心，就隐隐作痛，不知是为自己，还是为毕俊。

夜深人静，凌晨三点，耿小柔听到布帘外毕俊轻微的不均匀的鼾声，实在无法入睡。耿小柔便轻轻起身，下楼来到街边。

南方的夏夜，凌晨时分还有许多夜摊小吃在热闹地开着，一些喝醉的人相互搀扶或是戏闹争吵。耿小柔沿着街道一圈一圈跑，跑到天色微明，

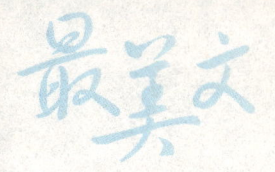

便坐在马路边上喘气。有时候,耿小柔不知脸上到底淌着的是汗水还是泪水。

四

到了白天,耿小柔就是耿小强,耿小柔对自己说,即使夜里忧伤绝望,天亮了,一切也是有希望的。

的确,到了白天,毕俊会主动找她商量游戏软件的事,会叫她一起去买菜回来做饭,会带她去城里好吃的餐厅或是小吃摊吃东西。毕俊喜欢跟她说话,也喜欢跟她相处,但是耿小柔明白,毕俊不想跟她恋爱。

耿小柔仍然在夜里持续失眠,然后在凌晨悄悄下楼跑步。有天夜里,毕俊醒来,见到刚从外面回来的耿小柔,吓了一跳。

毕俊问:"你这么大半夜跑出去干吗?"

耿小柔说:"我跑步减肥呢。"

毕俊说:"你不会早一点跑啊?多不安全。"

耿小柔没有说话,钻进卫生间洗澡去了。镜子里,耿小柔看了看自己,解嘲地说,怎么也看不出自己半夜出去和白天出去有什么区别,有什么危险存在?而减肥,对自己来说,又是一个多么漫长而无望的课题啊。

耿小柔间断地跑了几个月,直到毕俊发现,他同学似乎并不够爱自己的女朋友,然后两人就有点戏剧性地分手了。同学做负气状地扔下女朋友远走他乡,托付毕俊说:"你帮我照看一下她,过阵子,她也就忘记我了……"

同学的话意味深长,毕俊没有回答。但是耿小柔发现,从此后,毕俊的时间少了,他忙着去安慰自己爱着的人了。

耿小柔仍然像耿小强一样的活着,努力工作,热情开朗地与同事相处,诚心实意为毕俊帮忙。直到毕俊把那个爱着的人,也带回了工作室。

耿小柔依然在凌晨下楼跑步,但她发现,自己一点也没瘦下来。耿小柔觉得累了,她辞了职,告别了毕俊,回到了自己原来的地方。

回去后的耿小柔,还是习惯在夜里三点起床跑步,也发现自己在吃饭时,总是难以下咽。后来,耿小柔发现自己终于瘦了一些,她很开心,对最好的闺蜜调侃说,哪怕只是为了变瘦,我们也得继续相信爱情。

(原载《语文周报》2015年第13期)

是的,不管什么时候,我们都要相信爱情。不论你曾经付出了多少,被伤害了多少,我们都要相信爱情。

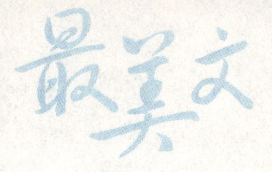

蓝琳琳的心里,藏着一个秘密

文/张觅

> 暗恋是一种自毁,是一种伟大的牺牲。暗恋,甚至不需要对象,我们不过站在河边,看着自己的倒影自怜,却以为自己正爱着别人。
>
> ——《南风》

蓝琳琳十八岁时,拥有了一个甜蜜的秘密。

像是一颗清澈水滴忽然落入心湖,激起一圈儿又一圈儿微微的涟漪,于沁凉空气中,荡起无声的回响。

她清楚地记得那一天,仿佛还是昨天一般。傍晚,茵茵草地,蓝天白云,琳琳坐在草地上,看几个女孩子在学校的草地上放一只浅蓝色的风筝。风筝轻轻巧巧地滑入蓝天,气流平稳地托住它,高高飞翔在白云间。

琳琳仰头看着那风筝越飞越高,像是绘在白云上的精致贴纸一般。琳琳觉得很快乐。

琳琳就是在这时,听到那个声音的。

校广播站传来的声音,浑厚、低沉,融进了那温暖得要使人落泪的夕阳,照到琳琳脸上。琳琳望着远处青铜色的岳麓山,听那声音遥遥地飞向青山一隅,忽然觉得茫然、惘然,而又怅然。

那个声音缓缓讲述了一个美丽而忧伤的爱情故事,琳琳静静听着,眼里便渐渐含满了泪。她忽然觉得听着那声音，让她莫名地温暖和安心，几乎要睡着了。

想起冰心的一句话："雨后的青山，像泪洗过的良心。"是不是哭过以后，一切就又能重归清澈与美好，就像雨后的青山般清朗？

故事徐徐地结束了，琳琳还沉浸在那个忧伤的结局里。忽然听到广播里流泻出《冬季恋歌》的主题曲《从开始到现在》，那是她所喜欢的干净纯粹的爱情，冰雪一样洁净清凉。

末了，歌里有咏叹调般的女声低徊："你真的忘得了你的初恋情人吗？假如有一天，你遇到了跟他长得一模一样的人，那真的就是他吗？还有可能吗？这是命运的宽容，还是另一次不怀好意的玩笑？"

这是命运的宽容，还是另一次不怀好意的玩笑？

那个初夏，琳琳刚好读大一。

琳琳渐渐喜欢一个人漫步，在校园的林荫道上。下过雨后，树叶被濯得越发青碧可爱，那种微微却馥郁的清香却在雨后湿润沁凉的空气里立刻飞上整个校园的上空。

在这样雾似的清香里，琳琳独自走着。傍晚，踏着长长的影子，听那广播里传来已是极为熟悉的男低音。有时，抬起头来，看那温暖的夕阳，不经意间已镀红了天边。周围是年轻活泼的面孔，鲜亮的衣着，喧闹的声音。可琳琳心里却是一派宁静，洁白清新。

她只听得到那个声音。

一字一句，落到她心里，仿佛就在瞬间，心便像荷花一样绽开了。

那个声音，在傍晚放学的路上，常常讲的是一个个动人的故事。琳琳想起看书时看到希腊人形容爱琴海是醇厚的酒一般的颜色，忽然觉得这个比喻也极适合来形容那个声音。那真的是酒一般醇厚的声音啊。

拥有这样声音的，会是怎样一个男生？

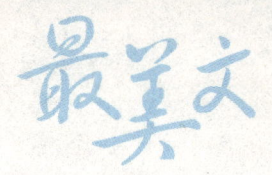

　　深秋的时候，金黄的落叶瑟瑟地落满了校园，秋日明净的蓝天下，大二的生活也开始了。这时，广播站开始招新的广播员了。

　　听到这个消息时，琳琳正靠着大树仰望那树叶缝隙里一双双蓝色眸子般的天空，忽然心止不住狂跳起来。她这才发现，其实自己真的很想很想知道，拥有这个声音的主人，会是怎样的模样？

　　于是便去了，录音室里，看到一个男生正在那里调音。听到那声音，琳琳的心砰然而动，是他！

　　他取下耳机，站起身，转过头，微微一笑——天！多么清秀的一张脸！琳琳只觉得自己一阵恍惚，几乎以为是在梦中了。

　　那个男孩温和地开口说话，琳琳一句话也没听清楚，只觉得阳光异常的明媚，空气里仿佛开满了一大朵一大朵喷香的栀子花。

　　忘了是怎样的一个过程，她微微低着头，轻声念起纸上的文字。阳光静静地笼罩在她橘黄色的毛衣上，青春洋溢，玲珑剔透的脸，是青春才有的清灵。

　　琳琳被录取了。

　　她在进广播站的第一天，发现站长换了一个女生，清秀男生已经不在——他已经大四，开始要实习找工作了。

　　琳琳有些失望，又有些惆怅。

　　不过她却爱上了广播，每天戴上耳机，听自己的声音犹如清澈泉水般流淌，着实是件快乐的事情。

　　夕阳的光芒照进录音室，金色细小的灰尘在空气中沉浮不止。她总是莞尔一笑，想起不久以前，他在录音室里安静地录音，而她在香樟树下仰望在蓝天白云间穿梭的浅蓝风筝，心中一派平和喜乐。

　　她常常借了他留在录音室里的带子，放在录音室里听。一遍，又一遍。渐渐也能听到他的消息，他已经保研，却又放弃，执意去北京工作。因为北京，有他高中时就开始喜欢的女生。

知道这一点，不知道为什么，她的心宁静又温柔，一如从前。

那个不能说的秘密，就此深入心湖之底，成为一颗温润的、凝聚着年少记忆的琥珀。

也许，这样，也很好。

（原载《考试报》2015年第16期）

每个女孩子心中大多都有一个秘密，一个关于男孩子的秘密，后来秘密公布了，就在一起了；而那些没有公布的秘密，就像一颗温润的珍珠永远埋在心湖之底……

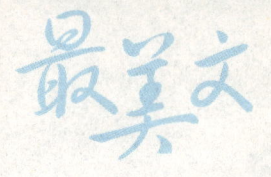

那株不开的水仙

文 / 怜子

　　一种遗憾，其实可以被放得很大很大。它可以成为你生命中的一个阴影，影响到你的生命质量。

——于丹

　　认识女孩是在高中时，那时的男孩孤芳自赏，目无下尘，但还是屈服在女孩清纯的笑容下。后来他在写给女孩的文章中说，是她让他发现自己只是攀在废墟上的野花而非大树。

　　那样压抑的生活中，他们互诉那个年龄特有的烦恼。男孩是个喜欢浪漫的人，也是一个喜欢制造浪漫的人，总是用一些浪漫的故事来点缀他们的生活。

　　体育场无瑕的雪地，最先写下总是他们的脚印；绵绵春雨中只有他俩躲在古朴的伞下漫步校园；夕阳西下的时候他们长长的影子又印在校园旁的林荫路上；花园里第一朵蔷薇盛开的时候他们总在旁边；最后一朵丁香凋落时也是他们在守候……

　　在他们在一起的最后那个冬季，男孩送给女孩一株水仙，一株还未开放的水仙。他说很多美丽只有在守候时才会出现的。女孩把花养在房间里，小心地呵护着，连换水也要自己来，生怕妈妈不小心给弄伤了。

　　终于有了花骨朵，女孩别提有多兴奋了，那晚她的眼睛一刻都不舍得离开花，好像稍不注意花就瞬间开了。看着看着女孩就睡着了，在梦中她看到她的水仙开花了，很是漂亮，花瓣月光般洁白。

那晚确实开花了，不过不是女孩的水仙，而是雪花。第二天女孩就被冻感冒了。她好起来的时候，水仙的花骨朵却蔫了，再后来那株水仙就不会开花了。

他们之间有着让人羡慕的默契，从来不用说明什么，总会在那个时候那个地点"巧遇"。他们从没有争执过，甚至就没出现过分歧，男孩的观点女孩总是支持，女孩说什么男孩都认为是对的。

女孩说跟他在一起总会有浪漫的故事，或许只是无意间的一句话，男孩却铭记在心。

男孩就极力去维护这种生活，当然是默默的，那时他也以为这种日子会一直延续下去，就像每天都会升起的太阳一样。直到有一天清晨醒来面对的是全是陌生面孔的大学校园，这让一直把生活局限于女孩的他一片茫然不知所措。那年女孩还在读高中。

大学的生活让一直以来都活在浪漫中的男孩在茫然之中忽然明白生活是由浪漫和现实组成的，缺了一个就不会幸福。好比幸福是所归宿，现实就是硬装饰，浪漫则是软装饰，少一个这所归宿就不完整。

于是他开始为能过上丰富的物质生活而努力，努力不是想想或是说说就行的。男孩每天回到宿舍时其他同学已在做梦了，他起床时人家还在做梦，人家在复习功课，他还要出去奔波，就连考试也是同学打电话叫他回来的。

后来女孩也上大学了，不过是在另一座遥远的城市，当然这一切他也是默默的关注。

毕业那年凭着丰富的工作经验他很轻松地在一家效益不错的公司应聘到了一个工作自由且待遇不错的职位，而且还在家乡与人合伙开了一家公司。如果女孩毕业后想回家乡他们就回家乡打理公司，若女孩想呆在其他

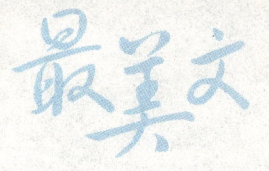

城市他就把公司卖了跟女孩到她想去的那个城市,凭他现在的能力到哪儿都会很容易发展的。

做好了一切准备,男孩给女孩打电话,虽然时隔多年,虽然只是接通时的那一个"喂"字,女孩还一下就听出了是他。

没有埋怨,没有责怪,亦没有欣喜,一如当年的平静,仿佛之前约好了一般。

"走出巷子,左转,闭着眼,往前走一百步。"男孩在电话里对女孩说,"记住,一定要闭着眼。"

女孩一如当年般听话,她穿着紫色的棉布裙子,还是留着男孩喜欢的长发,北方的春天还是有些冷。男孩的车就在三十米远外的地方,他计算过了那正好是女孩一百步的距离。

"偏左了,往右走一点,再左就要撞墙了。"男孩倚着车为女孩看着路。女孩家住的是小洋楼,这三十米要穿过三条巷子,过了这三条小巷就从当年的浪漫走到了幸福。男孩这样想着,因为如今他可以给她幸福了,完整的幸福。

"六十六、六十七……"女孩在电话里数着,再过一条巷子就到了,男孩回身打开车门,他想等一下女孩走到车门旁就可以直接上车了。那些当年写满他们脚印的地方男孩一直都没有去,他认为那是他们的,他不可以单独去的,今天他们可以一起去了。

就在他打开车门的时候突然听到女孩的一声尖叫,回过头来女孩已经倒在了地上,一个学骑自行车的小男孩从巷子里冲了出来撞在女孩身上。女孩的腿被划开一道口子,血正往外流,更严重的是她的头重重地撞在了硬硬的水泥地上昏了过去。

第三天的时候女孩醒了,医生说她脑袋里有淤血,可能会压迫神经导致间歇性失忆。男孩去看她的时候,女孩的母亲对女孩说多亏了这位年青人啊,是他把你送到医院还每天来看你。

女孩抬头看看男孩，目光在他脸上停留了一会，男孩期待着她喊出他的名字，然而终究没有，女孩只是轻轻地说了声："谢谢。"

那天男孩第一次喝醉，独饮自酌。他计算错了，浪漫与幸福的距离不止一百步，还有意外！

后来女孩就回学校去了，因为她大学的那段记忆还在。

男孩跟来了，在女孩所在的学校旁边开了一家花店，他不像其他人那样在橱窗里摆满了开得正灿烂的玫瑰和百合，而是放着几盆未开的水仙，如果有哪株开了，他就把它挑出来。

他还把水仙放到冰箱里冻，希望冻出一株不开花的，然而不是冻死了就是只延迟了花期。

女孩经常从花店旁经过，每次都会看一眼那些没开放的水仙，也只是看一眼。男孩只能无奈地看着她一次次地从橱窗经过。

那时男孩明白了：很多东西，只有当我们握在手中才有呵护的资本。

或许有一天女孩会恢复记忆，或许有一天男孩会放弃，但是哪一天会早一点到呢？

（原载《考试报》2014 年第 21 期）

是的，握在手里的，才有呵护的资本，好好珍惜好好爱，因为我们不知道明天和意外哪个先来。想爱就去追，不要等待，含蓄已经不适合这个时代了。

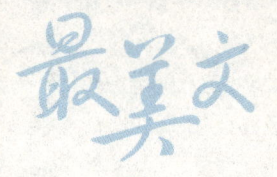

第一百朵玫瑰

文 / 燕子南飞

当你真爱一个人的时候,你是会忘记自己的苦乐得失,而只是关心对方的苦乐得失的。

——罗曼·罗兰

他立在深秋的暮色里,忽然感到内心无比悲凉。

他想起50年前他还是一个意气风发的青年,一转眼,却已霜染双鬓白雪盖头。他不知道,这时光是否也将他变得面目全非,一想起来就有些吓人。不过投眼过去,他看到浅水塘的风景依旧,不大的水面,秋水鳞波含情脉脉,湖边依旧是挤挤挨挨的堤柳。现在,因为秋风光顾,那些柳叶不胜寒凉,开始飘落,一些叶子还落入水中,成了蚂蚁的诺亚方舟。

就在昨晚,他接到当地电视台记者的电话,得知她终于答应与他相见,时间定在今天下午4时,地点选在小城公园里一个叫浅水塘的湖边。接到那个电话后,他坐立不安,激动得一夜未眠。

为了见她,一时兴起的他想把白发染成黑发,再到花店预订99朵玫瑰。他把这些鲁莽的想法给记者说了,想征求一下他的意见,记者听后没说好,也没说不好,只是不停地鼓励他,这让他信心倍增。

今天早晨天一亮他就出去了,下午的时候,他西装革履,手捧一束鲜花来到公园。时间尚早,趁她未到,他在公园里遛起弯儿。踩着当年走过的小路，摸着当年拂过的柳树，想一些往事。他想起几十年前，这里曾是他们的初识地。那时候他才20岁，正上大学，适逢暑假，闲得无聊，便随一个同学慕名到此小住几日四处游玩。

那天同学有事早早离开了，他便独自漫步湖边，恰好遇到了她。她着一身红裙，站在湖边一棵柳树下吹笛子，笛声哀婉，有几分寂寞与哀伤在里面。他循声而至，站在她身后，默默地听她吹奏，直至她回过头来吃惊地看他。第一眼，他就仿佛听到爱情之花开放的声音，他对她一见钟情。很快，他们就互诉衷肠、坠入爱河。再后来，他离开了，仍然不断写信给她。

不久，一件家族事务把他卷入一场官司之中，家道败落，他莫名其妙地锒铛入狱10年。从监狱中出来后他觉得再也没有脸面见她，便下定决心永远不去打搅她的生活。这样一晃过去了很多年。直至近日，他感觉人生暮年，时光不多，才又念起了她。他从北方来到南方小城找她，还托了当地的电视台找寻。经过一番周折，他才得知她的一些信息，知道她安在，家庭幸福、儿孙满堂。

时光在煎熬中慢慢流逝，走累了，他手捧99朵玫瑰，望向公园门口，立在夕阳中翘首企盼，他还有几分当年玉树临风的样子。当然，他脑海里全是她当年顾盼生辉的青春丽影。他低头看了一下手表，时间就要到了。记者也把电话打来说，她要到了，他紧张得手心全是汗。

他就站在当年她吹笛子的柳树下等她出现。

突然，他听到公园门口一片喧闹，举目望过去，他看见一群穿红裙子的姑娘说说笑笑，向他这边走来。远远望去，像一团团流动的火焰向他扑来，他眼眶里瞬间满是泪水。

姑娘们来到他身边的时候，纷纷向他问好，他直愣愣地站在原地不知该如何是好。不过，他很快回过神来，开始在姑娘堆里寻找着那个心目中的她。可是人太多，把他的眼睛都看花了。再后来，每一个姑娘从他面前走过，他就送她一枝玫瑰。他看见那些得到玫瑰的姑娘，捧着玫瑰，激动

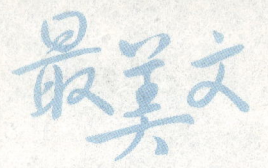

得脸颊红扑扑的,悄无声息地从他面前离开,远去。

夜幕降临的时候,浅水塘终于安静下来。他独自站在风中,两手空荡荡的。他回味刚才的一幕,仿佛又一次回到年轻时光,内心失落且惆怅。

他知道,她定是不想见他——她不想破坏在他心中的美好形象。

回去的路上,他向电视台的记者打去电话,表示感谢。他说,见到她了,还是当年的样子,很满意。

回到宾馆后他开始整理衣物——他决定第二天就回去。这样的结果他已经心满意足了。

忙碌中,他忽然听到一阵急促的敲门声。走过去开门,一位穿着红色裙装的姑娘站在他面前。

姑娘手捧一枝玫瑰,来为他送别。

他觉得姑娘似曾相识,细细端详,那眉眼与神韵,像极了当年的那个她。

一时间,他手捧玫瑰,幸福得呜呜哭了起来。

姑娘是代奶奶而来的,姑娘说,奶奶要送他一枝玫瑰并祝他一路平安。

第二天,他带着那枝满含情意的玫瑰,心满意足地回去了。

其实,他要找的那个人早已偏瘫在床多年,连脑子也糊涂得不认识人了。姑娘没说这些,记者也不愿告知他残酷生活的真相。

(原载《语文报》2014年第7期)

> 每个温柔的秘密都是需要我们认真呵护的,就像是呵护一段美好的爱情一样。

露水和单车

文/〔美〕索尼娅·奥利维尔 唐风编译

爱的不是那个人，是那份纯真的感情；执着的不是那个人，是那份美好的回忆；过不去的是情，不是我们。

——佚名

我一直都喜欢自行车，就如同喜欢一道美丽的风景一样。这也许是因为20多年前，一辆普通的自行车帮我找到真爱的缘故。

那时候我还是个经济系的大三学生，在学校宿舍里住了两年后，我和室友格蕾西在离学校几条街的地方租了一所漂亮的旧房子。合租这所房子的还有另外三个男生，我们五个人将一起住进这个新家。

我是在一个保守的家庭里长大的，在我谈男友和约会这些事上，我爸管得很严。我以前从没敢想过爸爸会允许他的女儿和三个男生同住一所房子，格蕾西告诉我爸，我们可以把那所房子分成两个套间，我们和男孩们有不同的进出大门和洗手间，他这才同意。

就这样，1993年1月，我们找人在这所房子里打上了一道分隔墙，不久就住了进去，开始了我人生中最难忘的一段时光。

三个男生对我们很好，像哥哥一样。他们在图书馆里学习，和我们一起在后院里做烧烤，轮到给大家洗碗时也会抱怨。我们两个女孩会喝好多茶、吃好多烤面包，一直聊到深夜，聊天内容经常是以严肃话题开始，后

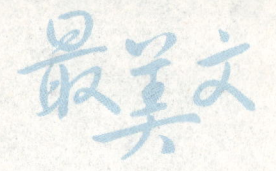

来就漫无边际了。当然,我们会谈起所有女生都津津乐道的话题:男生。

和我们同租的有一个与众不同的男生,他叫约翰,文静,但是有责任心。所有人都喜欢他,不过我们对他却有些敬而远之,反正我就是这样想。约翰少言寡语,而我是个话多的女生,正因如此,我不是很清楚他脑子里想的是什么,同时又希望他对我的想法知道得少一些。他虽然内向,但是我从他的身上看到了一个男孩应该拥有的最宝贵的品质。

在一个寒气袭人的上午,我穿着件法兰绒睡衣,牙还没刷,站在晾衣绳下晒衣服。这时,约翰走过来,说要和我谈一件严肃的事情。那是我们俩第一次正式的交谈,约翰张口第一句话是"嫁给我"。我没想到他会突然说出这句话,一时哑口无言。我没有想嫁给他的念头,起码在那时候没有,但是我们确实交上了朋友。

我们的学习都很紧张,又住在同一所房子里,所以我们也是以特有的方式谈着恋爱。在约会前,我不会手忙脚乱地扎头发、化妆,也不怕穿着睡衣、牙也不刷就给他开门,时间太紧,我们没时间计较这些,两个人谁也不会装模作样。

相处了一段时间之后,我冷静下来思考着,觉得这段感情似乎应该结束。我们虽然处得不错,但好像只是在为了约会而约会,我不知道他是否能成为我的"另一半"。我对做这个决定还没有思想准备,所以就提出了和他分手。

他听到我的话后,回到他的屋里,沮丧得一拳头打进了衣橱门里(这是很多年后他告诉我的),而我对此一无所知,虽然心里有些不安,可还是相信自己的决定是对的。我们像往常一样,和对方礼貌地同住在一所房子里。

几个月后的一个清晨,我比平时早醒了一会儿,听到窗户外面有声音。自行车是学生最喜欢用的交通工具,我们几个人的自行车平时都并排停放在离我窗户不远的地方。烦人的是,自行车也同样是小偷的最爱,所以我一听到动静马上想，肯定是有人趁天还没亮在偷我们的自行车。我悄悄地掀开了窗帘的一角，向外面瞧着，却只看见约翰正拿着一块抹布在擦我的车座。

我问他在干什么，他回答："给你擦自行车。"显然很尴尬。"擦它干吗？"我问。

"因为车子湿，早上有露水。"他回答。

"可我的车早上从来都没有露水。"我说。他接下来的一句话让我的心瞬间融化，那句话比一千句信誓旦旦之词都更有分量。正是那句话让我相信，这个少言寡语的男孩就是我要找的"另一半"。他说："我知道，因为我每天早上都会把它擦干。"

三年之后，我真的嫁给了约翰。我喜欢自行车，因为是自行车一次次地提醒我：真正的爱情是不求回报的给予。

（原载《语文周报》2015 年第 22 期）

　　真正的爱是不求回报的，但凡牵扯到利益的爱，都不是真的。所以以此告诫那些单纯的女孩子，真爱是难求的，但并不代表没有。

不完美

文 / 孙道荣

有多少美德和缺点是微不足道的。

——沃维纳格

偶尔看到一段视频,是国外一个普通人的葬礼。

追思会上,逝者的妻子上台讲话,她的神情显得肃穆、疲惫。她说:"今天我不打算在这里赞美我的丈夫,我也不打算说他任何的优点,因为这些大家都已经说了很多,也听了很多。"

我不能确定这是哪个国家,但我想,在这样的场合,任何地方的人恐怕都一样,都会说说逝者的好处和优点,那些让人们感动的难以忘怀的往事。可是,这位妻子看来有别的话要说。

她接着说:"今天我想和大家分享一些可能让大家感到比较不自在的事。你们都有碰到过,早上启动汽车引擎不动的状况吗?"汽车发动不着?还真碰到过,特别是冬天,随着钥匙的转动,发动机发出"吭——哧——"的怪异声,就是点不了火,让人着急、生气,却又无可奈何。可是,这与逝者有什么关系?

她稍稍停顿了下,忽然嘴巴里发出"吭——哧——"的怪异声,没错,是她在模仿汽车点不着火时的那种声音。可是,在肃穆的追思会现场,这种怪异的声音,显得如此突兀,而从一个刚刚丧夫的妻子口中传出来，就更让人不可思议了。她说："他打呼的声音就像是这样。"原来她是在模仿丈夫打鼾的声音，台下传来吃吃的笑声，是那种忍俊不禁的笑。

她又模仿了两声，"吭——哧——！"声调更加激昂。这一次，下面的人都憋不住了，发出呵呵的笑声。很多男人的鼾声，就是枕边无休无止的噪音，看得出，大家都心领神会。

"不过，这只是前奏而已，紧接着，他还会继续制造出连绵不绝的排气管音效。"排气管音效，这个比喻真是太搞笑了，台下发出一阵阵哈哈的大笑声。

看到这儿，我也笑了，说实话，刚看视频时，我的心情还是有点凝重的，观看葬礼嘛，心情哪里会轻松。不过，看到这儿，我脸上差不多已经完全没有当初的凝重了。

逝者的妻子继续说："有时，也因为太大声，连他自己都从睡梦中惊醒，还问：'什么声音这么吵啊？'"

真是太有趣了，太逗了，台下的人，笑得前仰后合。我想象着，一个男人，张着嘴，鼾声如雷的样子。枕边有个这样的"排气管"，一定苦不堪言，应该是没有一个夜晚能够宁静安谧的了吧？

可是，可是，这不是追思会吗？大家应该神色哀伤，哭哭啼啼，抽抽搭搭，泪流满面才对啊，怎么成了一场喜剧？

"感觉很好笑吧？"她面带笑容问大家。

不少人已经笑得实在受不了了，捂着嘴巴。

她忽然话锋一转，"但是，在他病情恶化之后，这些声音却成为我一种安慰，时常提醒着我，他还活着。"说到这儿，她咬紧嘴唇，停顿了一会儿，她声音哽咽着说："现在，我再也无法在睡前听到这些声音……"再次停顿，她仰起头，"人生就是这样，携手一生，记忆最深的却是这些点点滴滴不完美的小事情，由此来凝聚成我们心中的完美。"

台下的人，笑容都不见了，每个人都面色凝重，眼含热泪。

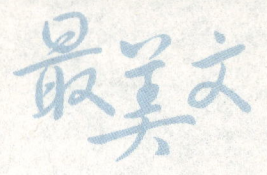

我的喉咙也一阵阵发干,鼻子发酸,泪水在我的眼眶中打转。

这个短短两分钟的视频,有一分半钟,我是在笑声中观看的。我没有想到,在最后那一刻,我会被深深地打动。

我复述这个视频,是想告诉我自己,也告诉我的亲人:人都是不完美的,无论是妻子,还是丈夫;无论是父母,还是孩子;无论是同事,还是朋友,我们每个人都会有这样那样的缺点、瑕疵、小毛病。有的缺点、瑕疵和小毛病,还会被我们有意无意地放大,以致变得不可忍受。可是,不要忘了,正是这些点点滴滴不完美的小事情,才凝聚成我们心中的完美。

只是别等到失去了,才想起珍惜。

(原载《读者》(校园版)2014年第13期)

是的,每个人都是不完美的,正是因为这些不完美,才使得我们的生命变得更加宽广。接纳这些不完美,就是接纳生命本身。

爱是"药石"

文 / 奇清

> 不被任何人爱,是巨大无比的痛苦;无法爱任何人,则生犹如死。
>
> ——格林贝克

"人间俯仰今古,海枯石烂情缘在",这说的大约就是他们夫妇吧!古诗有言:"分定金兰契,言通药石规;交贤方汲汲,友直每偲偲。"朋友似药石,而药石般的爱,更能让人感受到夫妻间的患难情深。

他高大英俊,且性格温和,含蓄沉着,遇事冷静。成年后,曾赢得国内外许多姑娘的青睐。他是一位出色的地质学家,因为钟情事业,将婚姻大事一拖再拖。直到三十四岁,才在别人的介绍下认识了她。

她是江苏无锡才女,天资聪颖,又勤奋好学,英语、法语、音乐皆学得非常好。中学毕业不久,她便随母来到北京,担任北京女子师范大学附属中学的英语教师。

1923 年 1 月 14 日,他和她在北京吉祥胡同踏上婚姻的红地毯,有情人终成眷属,这年她二十三岁。

"病叶常先霣""扶衰赖药石"。一个积贫积弱、病重病危的国家,则需要有人施以猛药奇石,他就是一心要为国家施药石去病衰的志士仁人。然而,顾了国家,却没有了精力照顾家庭。结婚之后,他认为有太多的工作要做,而且自己正当壮年,气旺力坚,可谓一寸光阴一寸金,每一分钟

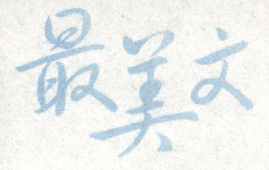

他都恨不得当作两分钟来用。

人家小夫妻俩休息日谁不是成双成对上公园、逛商店？他却成天埋头于科研项目中，妻子有意见了，她更是担心丈夫没日没夜地做实验，赶写科研论文，会累垮身子。

好不容易盼到了又一个星期天，她便约他一起到颐和园去散散心，放松放松。但他又是那句话："到了下个星期天一定陪你去。"说着，他拿起一篇要修改的文稿去单位了。

到了下个星期天，他依然食言，当深夜他匆匆赶回家，轻手轻脚走到床边时，见到的却是被子下一块长长的石头。

原来，妻子见他不是和从野外搬来的石头待在一起，就是把自己关在屋里写文稿，根本没把她的话当一回事。"医国妙药石"，她想，既然你只关心以药石来医国，那你就和石头一起过日子吧！这天晚饭后，见丈夫仍没回来，于是她便在床上放了一块石头，然后抱着只有一岁多的女儿回了娘家，她是要以石头这个药方来治一治他们家庭出现的"病患"。

被子里那块冷冰冰的石头倒是让他冷静下来：是啊，工作不可不做，家庭也要兼顾，身体更是不可忽视。从此，紧张工作之余，年少时学过小提琴的他也会拉几首好听的协奏曲给妻子听。"革急而韦缓，只在揉化间；木桃终报汝，药石理予颜"。生活其实和拉琴一样，也要有急有缓，张弛有度，多一些柔情——这也是能护肤养颜调理经脉的"药石"啊！

如此"醒悟"换来的是妻子对他更加体贴入微。1944的6月，他率领的地质研究所为躲避日寇，匆忙离开桂林向西转移，天气炎热，道路险阻，环境险恶，缺粮缺水，他在路上患了痢疾，身体非常虚弱。一路上，妻子想方设法尽可能不让他饿着、渴着。于年底一行人总算辗转流落到重庆，然而，到了重庆她也病倒了。身体刚刚好了一点的他除了工作，还担当起照顾妻子、买菜、做饭、洗衣等一干事情。

这时，地质研究所有好心人提议：由所里安排一个人帮助他们料理一下家务，以渡过眼下的这个难关，可他婉言谢绝了。当妻子埋怨他不该推辞时，他说："请人来照顾，很难贴心，还是我多吃点苦吧！"原来他这样做是怕委屈她啊！"人生无物比多情，江水不深山不重"，丈夫的深深情义使得她泪雨滂沱。

由于长期劳累过度，他再次病倒，心脏病发作。"尚惧精神衰，药石以自扶"，家里有两个病人，药石便成了每天必须要认真对待的大事情。为了避免因工作繁忙而误了吃药，夫妇俩采取了"他扶"之策，即他的药由妻子保管，妻子的药由他存放。这样，也就消除了服药不按时，甚或忘记了服药的情况。

"素弦一一起秋风，写柔情，都在春葱"，爱与柔情能让人智慧无穷，能使人独树一帜。除了按时服药外，他们还独创了两种疗法：一是音乐疗法，他的小提琴拉得悠扬婉转，她的钢琴弹奏得也相当出色。忙完家务后，妻子会静下心来，品享丈夫流水般的小提琴旋律；他也会忙里偷闲，听妻子清朗美丽的钢琴曲。每当此时，他们的病痛仿佛随着充满着爱与柔情的旋律而逝去。

二是钟情事业，他认为，去掉杂念也是一种相当不错的精神疗法。如不需要上医院治病时，他会拄着拐杖，带着罗盘外出散步，遇上值得测量、研究的裂隙和地层露头，他就蹲下去聚精会神地察看、分析。此时，病痛也仿佛从裂隙、露头中悄然遁去。独特的"药石"使得他们病情很快有了好转。

即便在这种情况下，他们也依然要对那些阻挠人类脚步的"病入膏肓"的人施以"药石"。1945年，第15届国际地质学会在伦敦举行。为参加这次学术盛会，身体不好的他决定偕妻子一道前去。4月初，他们到了伦敦，不曾让他们料到的是这一去就是四年。

1949年，新中国成立，远在英国的他们听到这一消息后，激动得彻夜难眠，决定回国参加新中国建设。他们夫妇克服台湾当局的百般阻挠，历

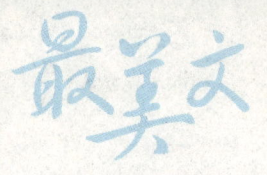

经千辛万苦总算回到祖国。

新中国百废待兴,有做不完的事,他总带病工作。1966年,河北邢台地区发生强烈地震,正在病中的他却有个心愿:到灾区看看,同时进行地震预报方面的研究工作。是的,他要给地震这个病魔施以"药石"。

妻子不安地说:"你的病这么重,去了恐怕回不来。"他说:"我理解你的心情,但相信你也能理解我。你过去不是经常讲要全力支持我的事业吗?"她怎么能不支持?钟情事业是丈夫一直以来为他自己治病的"药石"啊!

他赴灾区考察临行时,妻子为他准备了一暖壶面条,他说:"知我者,爱妻也!你一辈子都这样关心我爱护我,我这一辈子无以为报,只能下一辈子仍娶你为妻,还你永远也还不完的债。"

是的,他就是李四光,她是许淑彬。

李四光在生命最后的时刻,只想着两件事,一件是地震预报未能攻克,一件是妻子的身体被自己拖垮了,不知是否真的有下辈子偿还她那让"江水不深山不重"的情义。1971年4月29日,李四光与世长辞,享年八十二岁。他是她的药石,他去了她的病一天天加重,1973年她追随他而去。

一个人把事业当"药石",则担心下药不准确,不够分量,在全力以赴中累坏了身子。相爱的人在相濡以沫中身子骨也会虚弱,两个人由此相互成了对方的"药石",如此相爱的"药石",让一份患难深情永驻人间。

(原载《考试报》2015年第29期)

> 恐怕今生只有一个人可以解救我们自己的爱情,所以不求来世,只求今生好好爱一场。

第二辑

善待生命里的缘

　　弄堂里的老夫妻就这样平淡地生活着，并不像文学作品里描述得那样轰轰烈烈。不过，他们就是我和妻子学习的榜样。爱情不需要曲折离奇、生离死别，只要一生相伴、心心相印就足够了。

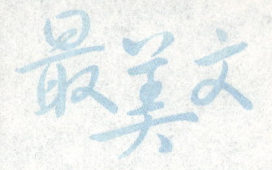

没有短信时的爱情

文/〔美〕大卫·维克西 孙开元编译

> 爱情就等于……生活，而生活……是一种责任、义务，因此爱情是一种责任。
>
> ——〔俄〕冈察洛夫

有时候看老电影，看到影片人物错失机会的关键情节，比如一个没能接到的电话，我就不禁会感到遗憾。如今的电子时代，没有接不到的电话了，它每天都会在我们的衣袋里响起来。就连那很久以前的恋人，也随时都能在社交网站上看到。

想想电影《日瓦戈医生》吧，日瓦戈在一个城市的大街上偶然瞥见了心上人娜拉，但是还没等他赶到她身边，她就已经消失在了视线外，这让日瓦戈心如刀绞。如果故事发生在网络时代的今天，日瓦戈和娜拉绝不会找不到对方，即使失去联系，他们也能在诸如脸书、推特这样的社交网站上成为"网友"。

电影中的这个镜头在我们的生活中也屡见不鲜，在我们无法获得足够信息时，就越发能感受到世事无常。谁都会承认，现代科技让我们的世界变小了，给生活带来了方便。但是同时，现代科技可能也抹杀了生活中的一些神秘感，而正因为有了神秘感，才更能体会到爱情的浪漫和刻骨铭心。

1991年夏天，我疯狂地爱上了一个名叫朱莉的女孩，我是在上大学时和朱莉相识的，那时的她刚毕业不久，在她的家乡伊利诺伊州皮奥里亚市呆了几天，计划着下一步人生目标。我和她偶然见了两次面，然后就开始约会，不久之后就难舍难分了。我们不常和朋友在一起玩，两个人在一起的时候比较多，彼此间的了解也越来越深。

但是我早已定好要花一个夏天去欧洲旅行，朱莉说她想搬到芝加哥，我们形影不离的日子就要结束了。我告诉朱莉，我会给她写信的，我把自己在英国威尔士的一个朋友家的地址告诉了她，我在旅行途中将去英国看望我的父母。

我乘坐的飞机在德国法兰克福机场降落后，我先后在德国特里尔游览了古罗马遗迹、在法国斯拉斯堡度过了夏至之夜、在瑞士巴塞尔一座足球场观看了一场摇滚乐演出，然后又去了我的祖辈居住的匈牙利布达佩斯，在那里倾听了教堂合唱，并且观赏了艺术大师的画作展，那些画作美极了。

但是我的心情很糟，我从没如此感到寂寞过，眼前的美景虽好，可我只想着朱莉。

我独自一人坐在维也纳圣史蒂芬教堂外的一把长椅上，吃着在小摊上买来的肉排，我心里盼望的是能回到皮奥里亚，坐在她的身边。我给她写了好几封信，把我的思念注入了信中，仿佛那样就是在和她携手同行一样。

我到了伦敦和父母见了面，和父母团聚的喜悦难掩我心里的思念之痛。我的旅行走得太远，和朱莉彻底失去了联系，我的心也前所未有地沉入了深渊。我暗自流着泪，魂不守舍、心不在焉地在伦敦呆了三天。

最后，爸爸看出了我的心思，坚持让我给朱莉打个电话。于是，我在伦敦的旅店里往美国皮奥里亚打了个长途电话。电话接通了，但是朱莉不在，她的妈妈告诉我，朱莉前些日子带着行李去了芝加哥。我的信放在她

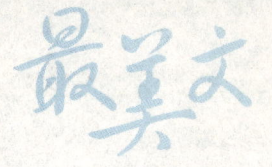

家的桌子上，还没打开。

我又给芝加哥打了个电话，但是没人接。那时候，没有电话留言、没有语音邮件也没有来电显示能让她知道有人给她打过电话，只有电话机在她那个空无一人的房间里响过。我没有任何办法知道她去了哪儿、什么时候回来，我开始妒火中烧，怀疑她已经移情别恋。

我还在欧洲，在一座座古迹面前胡思乱想，她是不是在芝加哥街头遇到了另一个让她心动的男人？我甚至荒唐地想，她说不定会回到了皮奥里亚，正在等待着我回去，但是，我只能承认，那也许只是我的一厢情愿。

第二天，我和父母开车去了威尔士，在那里没看到朱莉的来信，我的心再次乱得一团糟。我身在威尔士，身边环绕着葱绿的群山和欢跳的小羊，可我的心却在地球另一面的芝加哥。

父母把我送上了回伦敦的列车，以便让我从那里坐飞机回家。但是到了伦敦希思罗机场，机场人员告诉我，父母给我买的那张双程机票只能从巴黎登机，所以我只好去了英国多佛，在多佛又坐船穿越海峡去法国巴黎。

那条船上坐满了一同去法国的学生，我们在法国加来港下了船，坐上了通往巴黎的夜间火车，在途中，我向他们倾吐了自己的伤心故事。

"忘了你的爱情吧。"他们说。一个小伙子告诉我，他要去西班牙，他和朋友们要去那里参加奔牛节，让我也一同去。一个女孩想去法国海滩享受日光浴。"和我一起去吧。"她邀请我。

"不，不！"我说，"我要是不回家，就肯定会失去她了。"

我的耳边响起了一阵嘲笑，他们说，这是一次难得的旅行，要是我半路回家，会后悔一辈子。

到了巴黎，我直接去了戴高乐国际机场。我很快就要去芝加哥了，想做的只是登上飞机。但是正赶上那次航班的乘客发生骚乱，我坐不成了，下一次航班也不行。

我已经筋疲力尽了，收拾行李，想去火车站，一边走一边流泪。我要困在巴黎三个星期，什么时候才能回家？

但是走出机场航站楼时，我看到不远处有一个英国航空的标志，前面是三个面带微笑的售票员。

"你们还有座位吗？"我问她们。

"有座位。"其中一个人回答，"但是20分钟后飞机就要起飞了。"

这是一张单程机票，价钱是父母给我买好的那张机票的两倍。我看了看自己的信用卡：只够紧急用途了。

我买下了机票，这件事我没敢跟父母讲。

四年后，在我和朱莉结婚的前一天晚上，我才把花双倍钱买机票这件事告诉了爸爸。爸爸则给一屋子的亲朋好友讲了一个故事，故事讲的是一个失魂落魄的男孩，他一路放弃了在威尔士陪伴可爱的小羊、放弃了游览古罗马遗迹、放弃了巴黎的红酒和海滩美女的诱惑，选择了他心中的爱情。

（原载《中外文摘》2014年第20期）

如果多一张船票，你会不会跟我走？有些爱，是值得我们去追寻的，而有些人，更值得我们去付出。

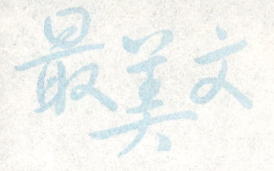

年少情怀总是诗

文 / 朱国勇

青春须早为,岂能长少年。

——孟郊

人到中年,日渐坦荡从容,闲适得就如暖阳下偎着躺椅的老人。而往事,却像调皮的孩子,不时跑来揪揪老人的胡子,让人一疼,又幸福着。

那时,我才十七岁,一个年青得让人遐思的岁月。我深情地爱着一个女孩,她叫莫诗诗,和我住一个小区。

相思了许久,终于按捺不住。在一个月华如水的夜晚,我大着胆子来到她的窗前。窗前,有一棵高大的梨树,正是四月,满树的梨花,深白动人。一阵风来,圆月高悬,花雨纷纷,美得就如梦境一般。附近的高楼,除了稀稀疏疏的几个窗口亮着电视的白光,其余的,已是寂静一片。

莫诗诗的窗子,是幽暗幽暗的一片。

我徘徊了很长时间,然后开始歌唱,是李琛的《窗外》。我唱得一般,但是却极动情,真正是用心在倾诉。两遍,或是三遍之后,莫诗诗的房间灯光一闪,亮了。一刹那间,我的心怦怦直跳。我喊莫诗诗,但她不回应我。

我开始倾诉,用电视上看到的,小说里读到的,尽一个少年所能用的所有词汇,向她诉说着我的爱意。我越说越动情,多日来的相思苦恨,一时表露无遗。

而莫诗诗，始终一语不发。一闪，莫诗诗房间的灯，灭了。

周围很静，只剩下我的声音。我立在稀稀疏疏的月光下，固执地一句接着一句，我知道莫诗诗一定在听。说到后来，我潸然泪下，有凉凉的水气，打湿了我的发丝和衣袖。

"莫诗诗，今生今世，我一定要娶你！"最后，我抛下这句话，伤怀又懊恼地离开了。

行到拐角处，回头看，莫诗诗房间里的灯，亮了，又灭了。

从那以后，莫诗诗一见我，就红着脸低着头迅速跑开。

后来，我最终没能实现娶莫诗诗的诺言，大二那年，莫诗诗恋爱了，接着，我也恋爱了。但是直到今日，我仍然忘不了那个深情的夜晚，倒不是还爱着，只是不能忘也不忍忘。因为，那是一个少年最真最纯的初心，也是一个男人最纯美无瑕的记忆。

每年春节我都要回家看望父母，偶尔还会遇见莫诗诗。她的女儿和我的儿子在一起玩得很投机，有时，还玩过家家。兴致来了，莫诗诗还会拿我取笑。你那时还真痴情啊！只是把我吓得不轻，谁半夜三更地乱叫啊？

她咯咯笑得花枝乱颤，我呵呵一笑沉静不语。只有自己知道，曾经的那一份情有多深多重，而在她，已经淡成一件童年趣事了。

有许多往事，就如一汪清澈幽深的潭水，在灵魂深处一闪一闪地荡着波光，常于不经意中，让我们沉入其中，心魂俱醉。

（原载《意林》2010年第2期）

往事随风，那些痴傻的事情，那些年少的冲动，那些荒唐的举动，都随风而去了。最后，我们只能马不停蹄地错过了。

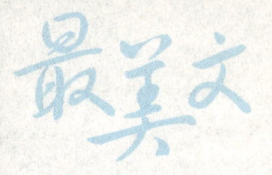

时间都去哪儿了

文 / 眷尔

> 让我们珍惜拥有的，用眼睛好好看世界，用生命努力创造这个世界。
>
> ——马克·吐温

第一次听到王铮亮的那首《时间都去哪儿了》，一下子就掉了眼泪。这样的记忆特别深刻，在一个深夜，我靠着床，将被子拉到肩膀，眼泪在瞬间唰唰地掉。

你有没有给自己一个失眠的夜，回顾自己的过往与忧伤呢？

我有过，也是那刻，我感觉周围的空气似乎都凝固了一样，不知道为什么，那时的我变得特别敏感，平时那些不在意的细节像刀子一样，齐齐戳入了心脏。别人早早地进入了梦乡，我却还塞着耳机听着歌曲，那些音符冲入耳膜时的感觉会在我的房子里回荡很久，时间都去哪儿了呢？

后来，你知道的，春晚也播了这首歌。

后来，张国立也哭了。

自从自己的电子书《我曾深深爱过你》上京东、当当、亚马逊等各大网站后，好多读者来问我，为什么要写悲剧，搞得他们好难受。甚至有位读者看着看着，联想到了自己的家庭，哭得梨花带雨。

我笑着说抱歉，可说着说着，我也哭了。

前几天得知公司里有一位驾驶员过世了，脑淤血，人一下子就没了。

我听到这件事的时候，顿时脑袋就嗡了，眉头深锁，强忍着泪水试图不让它掉下来。别的同事说了几句惋惜的话就过去了，可这件事却在我的脑子里缠绕了好几天。

听说，他出事的那刻连一句话都没来得及说。听说，当苏州医院的医生挥手说抱歉的时候，他的妻子疯了一样想把他转去别的医院，她说他只要有一口气，就要治。

如果一切还来得及，我想，他一定会告诉他的妻子，谢谢她为自己生育的两个孩子，谢谢她这么多年来心甘情愿跟他过的这些日子。

当然，我想，他还会说，对不起，自己那么那么爱她，只是很累，想去很远的地方了。

他真的是一个脾气特别好的男人，他做事耐心，脚踏实地，我还记得他当时来财会部报销票据的时候，他拿着两粒巧克力在我面前挥着手，俏皮地给我吃。我还记得当时我关心着他，我说你最近越来越瘦了，要多吃点呢。

人与人之间的感情太奇妙了，他一定不知道，那天是寒冷冬季中很特别的一个午后，阳光从透明的窗户玻璃里一片一片地打进来，温暖如夏。

时间都去哪儿了。

我们总是活在风中，暖风吹进心里，带来了点点滴滴的温暖与爱恋；冷风呼呼地刮进心里，钝重地留下了抹不去的伤痕和思念。我们曾经努力过，可是我们控制不了上帝突然之间抽离的灵魂，我们甚至会无助地连一句交代都没有，就这样消失了，就这样在这个世界上被抹掉了。慢慢的，记忆会模糊，名字会注销，最后好像真的从没有存在过一样。

时间别走得太快了。我们还没来得及找一个寂静的空间好好整顿自己的心情，我们还没有仔仔细细地看着深爱的人的脸，然后深深地吻下去。我们什么都没来得及，我们怎么可以不负责任地离开，说着十八年后我们再相遇我还会再爱你的话呢?

  时间走得太快了,我们劳苦了半辈子,大半辈子,记忆里存在着太多的遗憾和爱。

  我希望,此刻看着这篇文章的你,鼓起你攒到现在还没来得及说爱的勇气,打个电话告诉给你深爱的人。这个人可以是你的父母亲,你的亲戚长辈,你的爱人,你的伙伴,你所有所有你觉得值得爱的人。告诉他/她:谢谢你,爱了我这么多年。

  我也祝愿那位已离去的驾驶员,一路走好。

  而我也会替你告诉你的妻子,谢谢她,爱了你这么多年,矢志不渝。

(原载《语文报》2015年第32期)

  时间都去哪了?还没好好爱,我们就老了。时间就是这么迅疾,匆匆地打马走过,那些美好的东西也就这样错过了。

谁是最爱你的人

文 / 王举芳

我是不是你最疼爱的人，你为什么不说话？

——潘越云《我是不是你最疼爱的人》

他和她是经别人介绍的。他属于那种世俗的男人，抽烟、喝酒、打牌、耍脾气……第一次见面，他就喜欢上了她。他对她说自己有很多缺点，但有一个最大的优点，就是会很疼爱自己的女人。

她心头一热，哪个女人不想找个心疼自己的男子呢？于是，见过几次面后，他们就闪婚了。

婚后，他没有食言，处处让着她，对她言听计从、俯首帖耳。

慢慢的，她觉得他太窝囊了。她开始讨厌他，和他吵架，说他除了抽烟喝酒，啥本事没有，死水一潭的日子一点意思都没有。他没有反驳，任她撒泼，他想：女人嘛，耍点小脾气很正常。

她怒气冲冲地冲出家门，他没有追上来，她更生气了，给他打电话说过不下去了，要离婚。

他急了，再打她的电话，已是关机。

他和她开始了分居生活，她住进了单位单身宿舍，他苦守着一个人的家。

她认识了一个理想中的男人，是在酒吧认识的。那个男人很懂女人

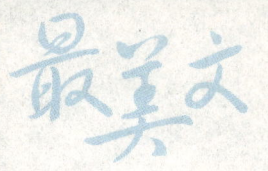

心,时常送花给她,还有一些女人喜欢的小物件。时逢节假日,还会给她意外的惊喜。她的心活了,如春水,荡漾着无比的欢喜。

但她没有做出格的事,毕竟,他和她还没有离婚。

她疯狂地爱上了酒吧里的男人,无法自拔。她再一次向他提出了离婚,并拟订好了离婚协议书,说可以净身出户,只要他同意离婚。

他说只要你过得好,我同意离婚,可是你了解那个男人吗?她一愣,她除了和他在酒吧喝酒,从未听他说起有关自己的事。

他说你先问好再说离婚吧,如果那个男人愿意娶你,我一定会签离婚协议书。

她无比自信地拿出手机,给那个男人打电话,说自己已是自由之身,可以嫁给他了。而电话的那一头,再也没有声音。

她失声痛哭。

他没有安慰她,只淡淡地说:我等你,等你回家。说完,转身走了。

她哭够了,回单身宿舍收拾了东西,回了家。

人的一生也许会遇到不止一段爱情,你或许很中意一个人,但TA不愿意陪你走下去,那也只是过客。在爱情里,那个能容忍你、愿意陪伴你走到终点的人,才是最爱你的人。

(原载《语文周报》2015年第33期)

> 我们经常是盲的,看不清一个人对自己的爱有多深。相爱的两个人就是这样,不管怎么打闹,终究是分不开的,就像绑在一起一样。夫妻之间,也是有兄弟义气的。

低头的温柔最可贵

文 / 季锦

我能想到最浪漫的事，就是和你一起慢慢变老。

——赵咏华《最浪漫的事》

他和她高中就相恋了，后来因为考上了不同的大学，两个人就开始了异地恋。距离并没有让爱情变淡，虽不能朝朝暮暮卿卿我我，但他们也有着自己独特的恋爱方式。每晚至少半个小时的视频聊天，每周必须的一封通信，一样让他们体会着爱情的甜美与珍贵。

后来好不容易熬到两个人都大学毕了业，她开心不已，以为终于可以与男友朝朝暮暮了。可就在此时，他却告诉她他想去当兵，他说这是他从小的梦想，如果不去实现，他会抱憾终生。尽管她很不愿也很不舍，最终却还是尊重了他的选择。

在他当兵期间，她去了北京发展。他复员回来时，她已经在北京站住了脚，有了一份自己喜欢的工作和不菲的收入。于是，她就要求他也来北京发展。能回到女友身边，一直是他梦寐已久的愿望，于是，他满怀热情去了北京。

然而，几个月下来，他并没有找到一份适合自己的工作。前途的渺茫让他动摇了留在北京的打算，正好此时老家的一位朋友希望他回去，两人合伙做生意，他便动了心。可当他试图说服她与自己一同回老家发展时，

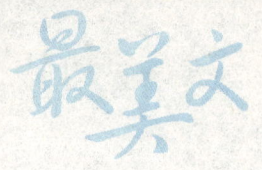

她却不假思索地拒绝了，她说她在北京辛辛苦苦打拼了三年，好不容易稳定了下来，所以她不愿意放弃这来之不易的一切。他们都坚持自己的立场，谁也不肯做出让步，可如若分手，又谁都舍不下这段坚持了6年的恋情。

无奈之下，他们找到了天津卫视的《爱情保卫战》栏目，希望能通过这个节目来说服对方做出让步。节目中，栏目组的评论员对他们的矛盾和分歧进行了详细的分析和开导。评论老师告诉他们，爱情需要彼此妥协，倘若一方只是一味地按自己的意愿去要求对方做出牺牲，那显然是自私和不公的，所以希望他们都能为这份来之不易的爱情互相妥协一下，也只有这样，他们的爱情才能得以维系。

老师们的一番话让他们豁然开朗，也终于都肯心甘情愿地为对方做出让步。她说，如果他坚持要回老家，那么她愿意为他放弃现在拥有的一切，跟他一起回去，一切从零开始；他也说，如果她执意要留在北京，他也会放弃回老家的打算，陪她一起在北京打拼创业。

这样的结局可谓皆大欢喜。是啊，爱情有时是需要彼此妥协的，就像一句话所说的那样：夫妻间最可贵的是那一低头的温柔，情侣间亦是如此。如果能够让爱情继续，妥协一下又如何？

（原载《考试报》2015年第31期）

有时候主动妥协，并不是因为错了，而是因为更在乎彼此的感情，更在乎对方，更在乎在一起的结局。

善待生命里的缘

文 / 雪子

缘分天空，美丽的梦。

——孙楠《缘分的天空》

年轻时，他从不爱她，始终不曾温柔地待她。她的青春应该是充满怨恨的，只是，她到底选择了做一个金匠，日夜锤击敲打曾涌在心底的痛苦，终于延展成薄如蝉翼的金饰。为自己戴上，也戴在了他们后来的日子里。

刚生一子，他就出国留学，她在家尽心孝敬公婆，抚养儿子。时间久了，他们的差距越来越大。她的二哥希望她能走出去，时时不忘学习新知识，这样才能和他有共同语言。几经周折，她来到他的身边，想重拾学业，可还是一家庭主妇。

他从不冷落朋友，却对她无话可说。他已另有新欢，痴傻的她想用刚怀上的孩子拴住他，他却无情地把她们遗弃在异国他乡。彻骨的伤痛让她彻底清醒。

回国后，她一边管理银行业务，一边创办上海一流的服装公司。兢兢业业工作的同时，还时刻不忘学习。她没有和他老死不相往来，用平和的眼光看待感情路上的曲折起伏，一笑泯恩仇，依旧真诚地对他，关注他。用她的智慧和成就，使他重新定义她在他心中的形象。

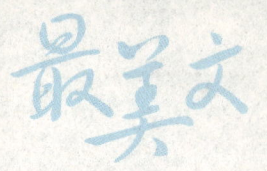

因为空难,他从天上坠入尘土,他后来的妻子用拒绝认尸来拒绝事实。她亦心痛欲绝,但从容面对,冷静地为他处理后事,让他入土为安。

老年时,她还前往台湾,找到他的好友梁实秋,还有他的表弟蒋复,希望他们出面,为他编一套文集,所有资金由她来出。1969年,台湾版《徐志摩全集》出版,此书为后来对徐自摩的研究提供了很多珍贵的资料。

他就是才华横溢的徐志摩,和他相连更多的是林徽因、陆小曼。而她是张幼仪,是他绚烂人生中微不足道的一笔,却有一颗包容之心。梁实秋曾评价她说:"她沉默地坚强地过她的岁月,她尽了她的责任,对丈夫的责任,对夫家的责任,对儿子的责任。"

善待生命中的缘,岁月静好。

(原载《语文报》2013年第8期)

走在人群中间,发现你我并不太遥远。一生守在你的身边,天天看你的笑颜,你的一举一动融入我的心田。这种感觉就像飞翔在缘分天空,美丽的梦,因为有你而变得不同……

那个陪你一辈子的人

文 / 嵇振颉

陪伴是最长情的告白。

——网络语

弄堂口的第一户人家,是一对年逾古稀之年的夫妇。每天他们都相互搀扶,走出略显沉闷压抑的房间,出来透透新鲜空气。就是这样平凡而又感人的场景,真实地诠释着什么叫相濡以沫。

似乎没看到有子女来看望过他们,或许他们根本就没有养儿育女。按理说,独守空房的老人应该是寂寞的。膝下饴儿弄孙、享受天伦之乐,是精神生活相对枯寂的老人们最大的慰藉。不过,他们的脸上依然荡漾着笑容,阳光的映照下,这笑容显得那么灿烂。

出门的时候,两人的手就那样习惯性地握着,也许在年轻的时候,是老爷爷抓着老奶奶的纤纤玉手。每个人都有正值青春风华的时候,这是人生中最为留恋的时光。十指相扣的那一刻,爱情就被演绎得如同烈焰般炙热。现在两人都老态龙钟,头发白了、牙齿掉了、背也驼了、脸上的皱纹像一道道隆起的山脉。唯一不变的,是他们手牵手的习惯。

老爷爷在几年前得了帕金森病,双手不住地颤抖,路也走得歪歪扭扭的,需要一个人扶着才能缓慢地前行。"当心点、走慢点"。老奶奶的一声声叮嘱,每次让我听到时都感到很温暖。

几个月前,我与妻子因为琐事闹矛盾。我了解妻子的脾气,她是一个认死理的人,谁要是得罪她,基本上只有别人认错的份儿。不过这次,我

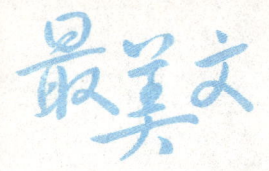

却没有像以往那样选择退让。职场中，我不敢有丝毫懈怠，总觉得身上有一座座大山压得我喘不过气来。回到家中，本想借助虚拟世界好好放松一下，谁料却遭遇"母夜叉"的"河东狮吼"。这下彻底戳到我神经的最痛处，什么地方都不能放松，这日子还让不让人过了？针尖对麦芒的结果，就是两人迅速陷入冷战。

第二天早上，我带着一肚子怒气走出房门，这是一个不平静的夜晚，我只能蜷缩在冰冷的沙发上。这时，我又看到这对老夫妻，他们手挽着手慢慢地走着，依然说着重复过千百遍的话。刚才还想"顽抗到底"的心，瞬间软了下了。是啊，和妻子有什么较劲的必要呢？在她风华正茂的时候，我只是一个一无所有的屌丝，她却不顾父母反对，义无反顾地跟我走到一起。现在生活渐渐安逸下来，她却丧失了最为宝贵的美丽容颜。

刚毕业那会儿，我空有一腔抱负，希望凭借初生牛犊不怕虎的冲劲，闯出一番事业。不过，理想和现实的落差总是如此之大，我一次次狼狈地从"战场"上撤退，颇有丧家之犬的"风范"。每次，妻子非但没有责怪，还陪我一同渡过失败初期最为艰难的时期。现在，我的事业虽然算不上成功，但是相比初入职场时要进步不少。我不该因为工作上的不顺利，就迁怒这个一直陪伴我的人。

当我把自己的想法向妻子袒露后，她不再为难我什么。她就是一个刀子口豆腐心的人，或许这一点就值得我一辈子珍重。

弄堂里的老夫妻就这样平淡地生活着，并不像文学作品里描述得那样轰轰烈烈。不过，他们就是我和妻子学习的榜样。爱情不需要曲折离奇、生离死别，只要一生相伴、心心相印就足够了。

(原载《考试报》2013年第14期)

最平凡的爱情，往往是最动人的，是在激情退却之后的相互珍惜，是矢志不渝的长久陪伴。愿每个人的爱情都是这样的温暖。

暖烘烘的爱

文 / 胡识

　　爱情待在高山之巅，待在理智的谷地之上。爱情是生活的升华、人生的绝顶，它难得出现。

——杰克·伦敦

　　他是一家杂志社的编辑，他有审不完的稿子。每天下班回到家，他都要坐在电脑前忙活好几个小时。

　　她是一位韩剧迷，每当银幕里出现"我爱你"三个字，她就会盘起腿，吻着咪咪兔，然后幻想他是韩剧里的"男猪脚"，自己是女主角。

　　念大学时，他们就对彼此心存好感。他会写很多优美的诗句送给她，她会为他淘宝很多图书。

　　可他胆子小，不够自信，每次她过生日，朋友就会问他："老岩，你喜不喜欢此时此刻的公主？"他总结巴得厉害，老半天才支支吾吾地说："我、我不知道。"

　　朋友都认为他的脑袋肯定进水了，对他失望透顶。可她从不感到失望，她还是很幸福地合拢双手，对着蜡烛许愿，她许下的每一个愿望都和他有关。

　　毕业后，他们被分往不同的城市工作。他每天醒来的第一件事就是发短信把她叫醒，她每天睡觉前都会打电话对他说"晚安"。总要等他先挂了

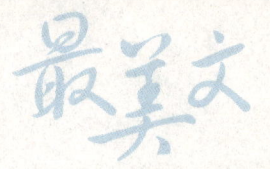

电话,她才会安然入睡。

有一天,他上班时发微博说:"昨晚我失眠了,我要把笔记本寄给在念大学的弟弟,他学电脑专业,得用。前段时间家里出了点事,我所有的积蓄都花光了,没有钱再买一台。以后我恐怕审不完稿子哦,我还想给主编留一个好印象,让他说我勤快呢。"

她并没有刷微博的习惯,可那天她竟莫名其妙地看到了他说的话。她看完后,突然,心像是被针扎了一下。想着他每周都给自己寄漂亮的礼物,她还以为他发洋财了呢。于是,她在心里骂道:"岩——你这个臭小子!"

大概过了两天,他收到一份礼物——一台粉红色的笔记本电脑——她在一张同样粉红色的信笺上面留了一行字:"岩,不要问我为什么,好好工作,好好爱你所爱的。我支持你,我也愿意一辈子陪着你。"

后来,他成了一名畅销书情感作家、杂志社副主编,她则成了一名微博红人。

他们结婚的那天,神父问他:"新郎,你愿意娶这位漂亮的新娘为妻吗?"她竟抢过他的台词,大声说:"他愿意!"接着,神父问她:"新娘,你愿意嫁给这位帅气的新郎吗?"她本来想再大点声说"我愿意",可他却抢先一步,泛着泪光说:"她愿意,我让她久等了!"

真爱不是表面上的"我爱你"三个字,而是她能设身处地地为他着想,给他暖烘烘的爱。

(原载《语文周报》2014 年第 11 期)

爱情不是说说就可以的,两个人在一起最重要的就是理解,然后给彼此足够的支持和信任。说白了,爱情终究是心与心的交流。

爱与尊严

文 / 孙道荣

　　世界上是先有爱情，才有表达爱情的语言的。在爱情刚到世界上来的青春时期中，它学会了一套方法，往后可始终没有忘掉过。

—— 杰克·伦敦

　　朋友问她，今天就是最后一天了，如果他准时出现在楼下，你会答应他，做他的女朋友吗？

　　这是她和他的一个"约定"。他和她，偶然相识，他爱上了她，对她展开攻势，穷追不舍，甚至有点死缠烂打，大有不达目的誓不罢休的劲头。但是她不喜欢这样的方式，而且她也不能确定，以他这样火热的性格，到底是真的爱她还只是一时冲动。所以，她一次次拒绝了他，有时语言甚至很生硬很过分，但他一点也不气馁，继续想尽一切办法接近她，讨好她。

　　她简直有点不胜其烦了。她托人转告他，如果真的爱她，那么就证明给她看。每天晚上7点，到她们宿舍楼下站半个小时，连续一百天。而别的时间，请不要来骚扰她。

　　他竟然答应了。

　　第一天，吃过晚饭，她在宿舍里看书，同寝室的姐妹喊她，快看，他真的来了，就站在树底下呢。

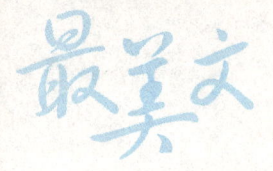

她探头看了看,还真是他,她淡淡地笑了笑,管他呢。

一连一个星期,他都准时出现,站在大树下。有时就那么笔直地站着,有时则绕着大树转几圈,有时又仰起脖子,望一眼她们宿舍的方向。看你能坚持几天,她心里想。

那天,下了一天的雨,到了晚上,雨下得更大,风也更急了。

7点,大树下,又出现了那个熟悉的身影。是他,斜撑着一把伞,被风刮得都有点变形了。姐妹说,这么大的雨,估计他半身都要淋湿了,要不喊他一声,今天就不用站半小时了吧?

她没想到,这家伙还真倔,大风大雨丝毫也没能阻止他。但是,为什么要喊他呢,又没人强迫他,是他自愿的。

和以往一样,直到7点半,他才离开。

还有一次,她们看到,他笔直地站在大树下,几个男同学恰好路过,和他热情地打着招呼,有个男生还试图拽了他几把,似乎是想把他拉走一起去做什么事。但他挣脱了,几个男同学哄笑着走开,他继续站在大树下。夜色下,看不见他的脸色,一定有点狼狈吧。但他站立的身影,很坚决。

每天,和新闻联播一样准时,他出现在楼下,大树下面。半个小时后,消失在黑夜中,从无例外。

他竟然真有这么大的耐心和恒心,这是她没有料到的。尤其让她意外的是,除了遵守"约定"每天出现在她的楼下外,他真的再也没有出现在她的身边,没有表白,没有"骚扰"。这一切,让她的心,开始悸动了。

时间过得飞快,一转眼,99天就过去了。就差最后一天了。

第100天,好像天公故意配合,一扫往日灰蒙蒙的景象,空气澄澈,仿佛也是为了来庆祝这个特定的日子。

知道这个"约定"的人们,也在关注着最后一个晚上,这个浪漫的时刻。

面对朋友的问题，她显得有点紧张、无措。她回答说，如果他出现，证明他是真的爱我的。"但是，但是……"她羞涩而迟疑地说，"我真的不知道，会不会答应，做他的女朋友。"

时间一分一秒地过去，快到7点了，没有人担心他会不来，那么多个晚上，无论刮风，还是下雨；无论是周末，还是假日，他都准时出现在那棵大树下。今天是最后一天了，天气又这么好，他怎么可能会不出现呢？这丝毫也不用担心。人们关注的是，在7点半之后，她该怎样应答他。

熟悉的新闻联播音乐响起来了，但在那棵大树下，空荡荡的，他没有出现，他竟然没有出现！

姐妹们不相信地揉着眼睛。这，怎么可能？

但是，他真的没有出现。

7点零1分，他没来；7点零2分，他还没来；7点零5分，树下依旧是空荡荡的……7点半了，新闻联播都结束了，他还是没有出现。

所有的人都惊呆了，姐妹们冷静下来，想着该怎样安慰她。

她拿出手机，找到他的号码。这么多天，他真的遵守约定，没打过她一个电话，甚至没有一条短信。

姐妹们看着她，不知道她要做什么，打电话骂他一通？

"我决定了。"她对姐妹们说。

有人赶紧劝慰她，也许他是出现了什么特殊情况，今天才没能来。他都坚持了99天，说明他是真的爱你的，千万不要因为这一点点，而放弃了这段感情。

她埋头在手机上写短信，"嘀"一声，发了出去。

她把手机给姐妹看，短信是发给他的，只有三个字，"我愿意！"

试图劝慰她的姐妹们，反而怔住了，怎么，怎么就同意了呢？

未等她解释，"咚咚——"有人敲门。

一大束鲜花后面，是他的笑脸。

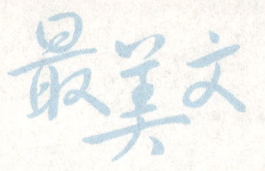

  一年之后,在他们的婚礼上,依然有人好奇地想知道,第 100 天是怎么回事?她说,我也是在那天忽然明白,原来他是用 99 天来证明爱我,而用最后一天来维护他的尊严和爱的尊严。这样的男人,当然值得去爱。而他说,一个懂你的人,才是真爱。

(原载《做人与处世》2014 年第 14 期)

  懂你的,才是爱你的。很多人会给你买衣服、买鞋子买包包,可是这些人未必是懂你的。爱你吗?大概是爱的,可是却始终没走进你心里。

第三辑

有你的冬天很温暖

爱情就是随心而动,正如石霞所说:爱情其实很简单,不过是两个身体和两颗心不断靠拢的过程,一旦靠拢了就永远不会分离。

信手推窗，偏见明月

文 / 庐江布衣

原谅是容易的，忘却则是困难的。

——普拉顿

一

西湖，是一湾瘦水，白石禅师的草庐，就在湖畔。

春花开谢，秋叶飘红。转眼，他已枯坐修行了三十余载，却不能悟。他的心中悲意渐浓，或许终此一生，他也只能做个凡僧。

一天夜半无眠，他披衣起身。无意中，伸手一推，窗户开了。蓦然间，只见一轮明月，饱满圆融，静静地挂在中天。那月光深情地照着大地，如水一样粼粼闪动。西湖一片波光，远山深沉静美，那满天繁星，深邃地闪烁……

一刹那间，白石禅师领略到了夜的深沉与大美。先是震撼、再是感动；再后，是一种从未有的宁静；最后，他面色祥和，微笑不语。

当一轮红日升起，他嘴角含笑，端坐圆寂。

那一夜，他悟了。

二

那年，是在江南，一个古朴优雅的小镇。她十八岁，一个年轻得让人怦然心动的岁月。

槐花纷飞如雨。在那落满槐花的山道上，她齐耳的短发，白衬衫清澈如水，牛仔裤湛蓝如梦，衬得她人比花娇。她回头朝他秀美地笑了一下。他们就这样认识了。

人生锦年，相逢未嫁。人生的种种相逢，还有比这更加美好的吗？

以后的几天里，他像个大哥哥似的，带着她去菩提洞、连心崖、独秀峰……走遍了山上每一条石径，看遍了山上的每一处风景。

离别终于还是来了，她很想洒脱地挥挥手，俏皮地说声再会，可是话到嘴边却化作了哭腔。就在转身的刹那，她泪流满面，而他，始终宽厚地笑着。

从此他们海角天涯，天各一方。她常想，离别的时候，只要他稍有表示，她就会毫不犹豫地陪伴他到海枯石烂，地老天荒。

是他不懂她的心思吗？不是的。多情如她，聪慧如他，又怎会不懂呢？

然而，一切都逝去了，逝去了，便无法挽回。

红尘碌碌，人生匆匆，她也终于想通了：对爱，我们不能要求得太多，只要有过那么一段美好的经历，或者仅仅是一个极短的瞬间，就够了。这世上，又有什么能永远地留住呢？只要爱过并且无悔，这就够了。

只是她不知道，到了老时，坐在落叶的窗下，他想得最多的，却是她。想着想着，就无端地落下泪来。

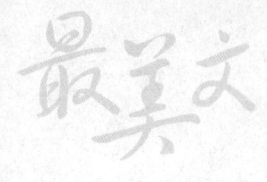

三

  这是一所清静寂寞的校园。中文系有位老教授姓方,满头银发,精神矍铄,整天慈眉善目的,一团和气,在学生中声誉很好。

  那是一个阳光温暖的午后,几个学生相约去老教授家借书。都是些年青的孩子,进门不久,就放肆开来。大家一边在书架上翻书,一边彼此打趣,清脆的笑声如春水一样在书房里荡漾开来。老教授沉静地立在窗前,含笑不语。

  忽然,一张发黄的照片蝴蝶一样翻飞着落在了地上。一个女生捡了起来,娇呼着:"这是谁呀,真美啊!"

  由于年代久远,照片早已斑驳脱落,人物的面容已看不清楚。但是,那身段依旧轻盈婀娜,别有一种清新出尘的气质,让人想到盛夏浓荫下的一枝新荷。几个男生闻声,一下子就聚了过来。可是,还没等大家看清楚,老教授就已奔了过来,一把夺过相片。

  老教授紧盯着手中的照片,嘴角抽搐了两下,那眼圈就红了。紧接着,大颗大颗浑浊的泪水就滚滚而下。同学们都惊呆了,不知如何是好!

  老教授压抑地抽泣着,满脸深深的悲意。过了半晌,才有两个女生试探着地去劝教授。慢慢的,老教授终于哭出声来。他伏在窗前的桌子上,越来越大声,号啕着,像个无辜又无助的孩子。

  就在大家面面相觑之时,老教授的夫人走了进来,温和地说:"你们回去吧,他哭完就没事了。"阳光斜斜地照进来,映着老教授夫人的脸庞,知性而安详。

  走在初秋凉凉的风中,这些学生年轻的心中有了莫名的伤感,仿佛有无名的叹息在天地间回荡。

没想到，第二天中文课，老教授准时来了。依旧是笑眯眯的眉眼，依旧是一团和气。讲课到得意处，老教授坚定地挥舞着手臂，脸上神采飞扬……

学生们坐在台下，想起老教授昨天号啕的样子，恍如隔世。

四

信手推窗，偏见明月。人生的际遇与无常，生命的大美与悲凉，很多时候，不因人情，也不唯事理，而缘于一刹那间心灵与某种机缘的契合。

（原载《雨花》（下半月）2012年第11期）

有些记忆只适合深藏而不适合打开，打开就像洪水泛滥，再也合不上了。

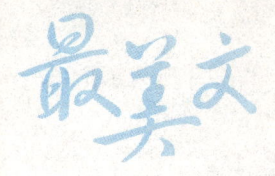

雪域孤岛的爱情强信号

文/清翔

> 说到底,爱情就是一个人的自我价值在别人身上的反映。
>
> ——爱默生

有些地方,似乎应该是没有爱情信号的,但那信号却偏能"嘶嘶嘶"地冲撞人的心房。

2008年,重庆的她和几人驴友在拉萨玩,驴友们听说她曾去过墨脱之后,顿起念头,让她做向导,一览墨脱这个雪域孤岛的奇异风光。她一听,却把头摇得像拨浪鼓:"这个不在我此次的旅行计划之列,再说,我也没有办理边防证,过不了兵站。"

其实还有一个更重要的原因她没说出来,那就是墨脱太苦。上次的徒步之行,虽说还没到达墨脱,多雄拉山的壮美就已让人的心灵受到震撼。在雪线附近的多雄拉山,既有洁白晶莹的雪,还有喷玉跳珠的溪流,就像粉雕玉琢的阆苑仙葩,而墨脱的美景就更不用说了。美虽美,可要命的是那儿奇寒无比,而且物资极其匮乏。

但驴友们兴致极高地说,既然已到了拉萨,如不去墨脱,就会留下终生遗憾。在驴友们的执意要求下,也只好一起前去。她不能一而再、再而三地拂逆朋友们的意愿了。

她一边和大家一起走着，一边思考着如何过汗密兵站，眼看就要到汗密了，突然看见在路边有一个宣传牌，一个名字映入她的眼帘：张华林。宣传栏中以热情洋溢的文字，介绍了张华林多年来如何坚守边防的事迹，而且不久前他还救下一个不慎跌落山坡受伤的小孩。

这让她想起来了，一年前她和几位驴友的墨脱之行，汗密站的几位边防兵并不像他们想象中一个个紧绷着一张扑克脸，而是特别活泼热情。就是这个名叫张华林的边防兵，当知道这些驴友是他的老乡时，还一定要请驴友们吃晚饭。

她记得，吃过晚饭后，她和张华林还互留了电话。她当时以为留电话只是出于礼节，这电话或许一辈子就冷清清地躺在本子里了。然而，没想到刚过一年，就要用上这个电话了。她在旅行包中，很快找出了那个记着电话的笔记本。

"没有边防证，那就请从哪儿来回到哪儿去。"电话那端，传来张华林"不近人情"的声音。她有些生气地关了手机，想："还老乡呢！就这么一件举手之劳的事还要打官腔。"她打定主意，就是打滚撒泼也要过去。

当她惴惴地到了汗密兵站后，没想到，战士却格外热情，还没等她开口说话，见到她手中拿的身份证，就问："你是重庆人？是不是没有边防证？"她点了点头，这时，边防战士乐呵呵地做了一个"请"的手势。

原来，上级有一个不成文的规定，只要带有身份证，是战士认识的熟人，即使没有边防证也是可以放行的。接下来，发生了更多令她感动的事：有战士抢着为他们背背包，也有战士已为他们煮了暖胃暖身香喷喷的稀饭……

她料想所有这些一定是张华林暗中关照的，是他给这些战士一个个打了电话。这时，她感激地拨通了张华林的号码，问她何以"前倨后恭"？已调到背崩的张华林告诉她，其实他知道她是为了朋友才第二次来到墨脱的，他被深深感动了，电话中的"拒绝"，只是要给她一个惊喜。听了张华

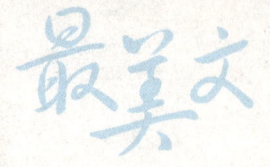

林的话,倒是她被深深感动了:一个如此看重友情的男孩子!

当天下午,她和朋友们一起来到背崩,见到了张华林。对他的印象已有些模糊的她记起来了:他是一个一见到女孩子就脸红的大男孩。这一次,她更是感受到了他的稳重、踏实以及一颗赤诚善良的心。

她在这儿已看到了那个跌落于山坡受了伤已被张华林用草药治好的小男孩,在得知小男孩家住墨脱,张华林还没来得及把小男孩送回家时,她主动提出,顺便把孩子带到墨脱与家人团聚。

为了感谢她,张华林和战士们一起请她和驴友们吃饭。墨脱物资短缺,张华林和战友们翻箱倒柜,把最好的东西拿了出来。"宴会"气氛十分融洽热烈,张华林告诉她,他已经六年没回过家,信虽说常常写,但前一年写的信第二年才能送到。张华林说这话时,心情十分平静,但她听了眼眶不禁红了起来。

回到重庆后,不知为何她总会想起那个一说话就脸红的大男孩。一天,背崩有一位战士给她发来了短信,说张华林遇到困难了。原来他的父亲不幸病逝,但因大雪封山,他无法回家奔丧,整天愁眉不展。

她想,难得张华林有这份孝心,一定要为他做点什么。最后,她冒出一个大胆的想法:代替张华林去他的县城老家为他服丧。她说,作为投缘的老乡,在他遇到困难时,她应该为他做一点力所能及的事。当得知她的这个想法时,被称为"硬汉"的张华林被感动得哭了。

离她从墨脱回到重庆还不到两个月,她竟然又想去墨脱了。她知道自己已爱上不善言词,却纯洁得如同墨脱的冰雪的张华林了。她给张华林买了一些日用品和重庆小吃,第三次踏上了前往墨脱的旅途。

多雄拉山的雪还有齐腰那么深,幸亏在路上遇到了在背崩做生意的几位老乡,否则,她不知道该怎样穿越过这座山。由于她个子比较小,常常是刚迈出一步,整条腿就陷进雪中,要同行的老乡帮助她拔出来。

当她如同一个雪人般出现在背崩时,张华林竟一时激动得说不出话来。这一次，他们互相表白，确定了恋人关系。

她就是1989年出生于重庆市沙坝区的石霞。在得知宝贝女儿恋爱后，石霞的父母一开始非常高兴，但了解到张华林是个远在墨脱的边防兵，他们立刻表示反对。当后来听到女儿的介绍：他对朋友赤诚，对老人孝顺，热心救助受了伤的小孩等，特别是提到一件事后，两位老人终于同意了女儿的选择。

一次，石霞去墨脱看张华林，为了回一个短信，他竟然爬到野外一棵高大的树上。回完短信后，他笑着说，"这棵树就是我们的野外电话亭，因为只有这棵树上的信号特别强。"石霞惊呆了，打电话，发短信，这些在都市里再简单不过的事，于边防战士们而言，却只有爬上树才能完成。那一刻，她的心被彻底震撼了。

2014年元旦，两人在背崩举行了简单而感人的婚礼。婚后，张华林在服役期满后又主动申请继续服役四年，为了能和心爱的人在一起，石霞辞去了重庆舒适而又多金的工作。在墨脱的多雄拉雪山下开了家客栈，专门接待全国各地的驴友。

石霞说，将来他退伍后，夫妻会双双经营这家客栈，也许挣不到很多的钱，但只要够一家人生活，开心就行。

爱情就是随心而动，正如石霞所说：爱情其实很简单，不过是两个身体和两颗心不断靠拢的过程，一旦靠拢了就永远不分离。

（原载《现代妇女》2014年第8期）

爱情不过就是相互吸引之后的不离不弃，我们一路都在寻找，寻找那个可以相互吸引的人，后来就找到了。

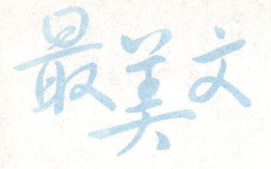

有你的冬天很温暖

文 / 积雪草

什么是爱情？爱情是大自然的珍宝，是欢乐的宝库，是最大的愉快，是从不使人生厌的祝福。

——查特顿

从江南小镇，一路奔到冰天雪地的北方，怀中始终抱着装有那两条嘟嘟鱼的小鱼缸，她带它上火车，下火车，从南方到北方。

当她捧着那个小鱼缸出现在他面前的时候，他惊讶地张大嘴，傻傻地问她："你怎么带它们来？这么低的气温，它们不会活很久。"她一边打量着他的"狗窝"，一边回头对他笑，"让我证明给你看。"

他使劲地搓她冻得发红的手，嗔怪道："连起码的保暖防护都没有，就到处跑，冻掉了耳朵，别哭着喊着找我要。"

是的，这儿真冷，一下火车，冰冷的风立即穿透了她单薄的衣衫，冷得她想哭，冷得她都说不出话来。

他的"狗窝"在城乡结合处，是一间民房，没有暖气，放在厨房里的半碗水，转眼间便结成了冰。尽管知道很冷，但对于她这个生长在江南的人，终究不知道冷是一个什么概念。他给那两条嘟嘟鱼盖上棉被，然后留下一点点缝隙，让它们呼吸，然后给她穿上他的棉袄，让她在家中等他，他到街上去给她买羽绒服。

等待的间隙，她的鼻子有些发酸，他一直告诉她，说他过得很好，他很好的概念只是为了不让她担心。在这个阳光稀薄的城市里，东欧风格的城市建筑，繁华与美好都与他们无关，他们住在这个据说不久就要拆迁的房子里，规划着自己的未来，茫然不知所措。

穿着他买来的银色的羽绒服，高筒的靴子，戴着长围巾，一下子暖和了很多。他去上班，她清理着他的小屋，把空酒瓶子放到装方便面的空箱子里，然后一起扔掉。以前他是不喝酒的，可是现在他在这儿学会了喝酒，有时候也会让她喝两口，据说是为了保暖。然后她又跑了很远的路，买了窗帘和一棵大白菜，她想以后不会再让他吃方便面了。

做好这些，她四处打量着，这个"狗窝"多少有了一些家的味道，家的氛围。

然后就开始到处找工作，她不能总让他养着，他们要积攒下一些钱，买房子，然后结婚，在异乡开花散叶生根。

以为凭借口袋里的文凭，还有工作经验，想找一份工作还是比较有把握的，谁知道把问题想得太简单了。很多单位都以她不是本地人，家不在这里，存在不稳定因素而拒绝她。

那一段日子，真的很灰心，两个人在一起，光有爱情是不够的，还要有面包，还要有利于爱情生长的养分。

每天出去找工作，拖着走了一天的双腿，还有毫无结果的疲惫回到家里，将头搭在他的肩上，看小小的嘟嘟鱼在鱼缸里打架。它们打架的方式很特别，将头搭在他的肩上，双方会习惯性地伸出长嘴唇，用力地"吻"在一起，长时间不分开。不过这不是爱的表示，而是保卫各自的地盘不受侵犯，直到一方退出，才会宣告"接吻"结束，战斗结束。

每次欣赏完嘟嘟鱼的表演，他都会坏笑着说我们也学它们打架吧！她便转身逃命，但那么小的一间房子，总能那么轻易地就被他捉到。

这两条嘟嘟鱼给他们异乡单调寂寞失意的生活带来了很大的乐趣，每天晚饭后，他们都会把鱼缸从被窝里抱出来看一会儿，这两条热带鱼，跟

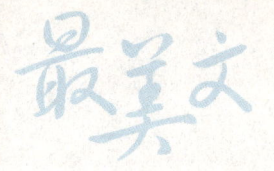

着他们受了很多苦,它们需要阳光和温度,在这里却只能天天躲在被窝里取暖。

这样的日子不知过了多久,直到有一天,他生病不肯去医院。她知道他是担心钱不够用,除了要负担房租,还要负担她的生活,她心中很难过,觉得自己就像一个包袱,让他背负得很艰难。

夜里,他发烧烧得很厉害,她跑出去给他买药,走在黑漆漆的街上有点胆战心惊。街上很少人,药房也很少开门,一家家地去敲门,很多人不肯开。央求人家等着救命,说尽好话,才买了一把退烧的药,兴匆匆地赶回家。他看到她,很生气,骂:"这个地方治安不好,夜里很少有人出门,出了事儿,我怎么办?"

她被他骂得哭了,他伸手揽住她,有气无力地说:"我只剩下你,你不能有事儿。"

她哭得愈加厉害,那种相依为命,相濡以沫的感觉,令她钝疼,一点、一点渗进皮肉之中,尖锐而温暖。也是那一夜,她下决心去那家地板厂上班,做着一份保管员的差事,尽管辛苦,但有了薪水,会让日子好过一点。

她是背着他去那个地板厂做事的,因为他不同意她去那里,工作环境不好而且又辛苦,因为这件事情,他们已经争执了好几回。

后来还是被他知道了,他很内疚,说不能给你好日子过,所以他要换工作。她不同意,结果又吵,就像那两条接吻鱼,不断地吵架,不断地和好。

那个漫长的冬天终于还是过去了,她知道,生活总会好起来的。

(原载《做人与处世》2014年第24期)

那些冬天是暖的,因为有一个人让自己变得温暖。

车夫不能上高速

文 / 雪炘

全部依靠自己,自身拥有一切的人,不可能不幸福。

——马库斯·T.西塞罗

一

刘墨是我搬到西安后,认识的第一个朋友。

初闯社会,生活一时没着落,朋友介绍认识他。他开了一家不大不小的饭店,听说还写网络小说,一见面,果真长了一张文艺青年的大厨脸。

他的店和我住的地方离得不远。

他说,工作可以慢慢找,人总要吃饭的,于是,伙食被他全包了。如果我一顿饭没去,他必定打电话来催,甚至自己打包送来。起初不好意思,可没过几天,就被他的热情和真诚打动,和他熟络起来。

我常打趣说:"你是个好孩子。"

他立马阻止说:"千万别,我最害怕有人说我好,因为接下来一定是,你会找到更好的。"

我哈哈大笑。

有一天,他突然问我,你知道谢欣吗?

我一时间头脑打结,想了半天才说:"记得有个高中同学叫谢欣。"

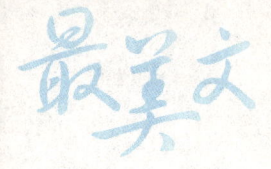

他说:"就是她。"

他和我们不是同级,又不在同一学校,我便有些好奇,问:"你怎么会认识她?"

他说:"你们高中毕业那年,我已经考到了二级厨师,在新城一家饭店的后房当大厨,她暑假来做服务员,我们就认识了。"

他顿了顿,又问:"你现在和她有联系吗?"

我一边扒饭,一边说:"基本没有,只听说她要结婚了。"

"哦。"

他像瞬间不慎跌入悬崖一样,声音沉寂而又落寞。

我抬起头,问他怎么了?

他默默掏出一支烟,摸出打火机,凑到嘴边,又顿下来,看看我,说:"闻烟味对身体伤害更大,我出去抽。"

二

没过多久,我就在附近的郊区碰到了谢欣。她未婚夫叫郝勇,父亲开了家工厂,他是唯一接班人。

两人在西安新开发的市区里,买了房子,准备结婚。

回来刘墨问我:"她未婚夫是不是个子不高,而且很胖?"

我说:"你怎么知道?"

他一脸自嘲,笑着说:"有钱人的象征啊,符合她的要求。"

从此,我们谁也没再提过这茬,只是我莫名其妙地就和谢欣联系多了。我们的关系还跟上学那会儿一样,能看到对方的一切,却不深入彼此的内心。

刘墨问我:"中秋怎么过?"

我说:"写稿子啊。"

他说:"我知道有一家火锅店特别好,老板我认识,晚上收工带你去。"

晚上他一打电话,我就匆匆下楼,还没走出巷子,就碰到了谢欣。

她问我们去哪儿，我说去吃火锅，她问能不能带上她。我看到刘墨脸上的肌肉在抽动，却始终不说话，也不看她。

我假装自在地说："好啊，他请我，我请你。"

一进火锅店，刘墨先叫了二锅头，谢欣急忙说："刘墨你不能喝酒！"

他扭头不看她，月亮明朗地挂在树梢，仿佛随时都会掉下来摔碎。

这顿饭吃得十分煎熬，我努力找话题，刘墨使劲给我夹菜，谢欣却一口没吃。一直到凌晨，刘墨喝醉，我也吃吐了。不知道他住哪儿，我和谢欣索性将他扶回我家。

他贴在地板上，我俩坐在床上，谢欣哭得一塌糊涂。原来郝勇性情随父，在外风流，有劈腿的迹象。

我说："他现在就乱搞，结婚还得了？"

刘墨在梦里猛然吼了一嗓子："谁敢给你乱搞，先从我身上踏过去！"

三

刘墨后来告诉我，他和谢欣有一段，那时候他还很穷，给不起她想要的，也就不敢有太多的表示。

在他心里，只有能给她富足的生活，或许才配得上那个爱字。

他连她的手都没碰过，不是不想，而是觉得不能。一天晚上她瞒着家人，去了他住的地方，他竟然跑去厕所，蹲了整整一夜。

她很生气，回去后就不再理他，他也不知道该怎么哄她。

他们分手了，他没日没夜地喝酒，到处耍酒疯，连领导都躲着他。后来喝进了医院，出院时，被告知不能再喝酒。

已经四年多没联系了，他还是喜欢她，心中总存在着一丝侥幸。知道她要结婚的时候，他的梦彻底碎了，剩下的只有祝福的权利。只是他没想到，她还会出现在他面前，却因为另一个男人而哭泣。

谢欣大学没毕业就跟了郝勇，毕业也没找工作，直接进他家工厂做了少奶奶。现在发生这种事，她也不愿意回去，刘墨就留她在饭店帮忙。

两人的关系，从尴尬到一起打闹，刘墨的脸上开出了花。

有次我去吃饭，碰到郝勇进来，问我谢欣是不是在这里。我支支吾吾半天，跑到卫生间，给刘墨打电话。

我出来，刘墨已经站在大厅，两人四目相对。

郝勇说："你就是老板？我老婆呢？"

刘墨没说话。

郝勇说："你这里明着开饭店，暗地拐卖妇女儿童啊。"

刘墨不吭声。

郝勇说："快把我老婆交出来，不然你这饭店得关门……"

刘墨一拳打上去，说："你老婆没了，你来问我要，你要像个男人，她能跑吗？"

郝勇看不是他的对手，连滚带爬地往后退，最后留了句"你给老子等着！"

我担心地看着刘墨。

刘墨低下头，说："我不怕他再来找我，也不是要什么结果，我就是不愿意看她被欺负。即使我知道，重来的可能性几乎没有，可我还是想这样做。"

四

我永远记得那个深秋的中午，我们正在吃饭，郝勇带着人来闹事。刘墨到大厅阻止，郝勇说，有本事我们出去单独谈。

我们都劝刘墨不要去，他是有备而来的，这一去肯定凶多吉少。

刘墨在我耳边说，不要紧，别忘了110是干嘛的。

他径直上了郝勇的车，我和谢欣拦了辆出租车，一路狂追。只见他们的车拐出三爻，沿着长安南路直奔向北，而后又疾驰于南三环，最后直接上了绕城高速。

谢欣惊呼，这郝勇要干吗？！

司机问，上不上？

谢欣说，上！当然要上！

司机说，那得加钱，我只在城里拉人。

谢欣一跃而起，不是还没出城吗？

司机一脸严正，说，你怎么保证他不会出城呢？

眼看郝勇的车就要消失在视野中了，谢欣只好愤愤地说，我按计程器上双倍给你！

司机这才奋起直追。

客车道上，他们的车如箭穿梭，司机也只得加速前进。

限速80，司机的速度表指针始终在75浮动。谢欣盯着前面，不住地跟司机说：

大哥，麻烦你开快点。

大哥，你再快点啊。

大哥，再不快点就得出人命了。

大哥……

"再快就真的出人命了！"

司机将车转入休息车道，果断地停了下来。

司机说，我不去了，你们要去就重新打车，我不冒这样的险。

谢欣急忙说，这里怎么打车啊？你行行好，我们加钱还不行吗？

司机说，这是要命的差事，给多少钱都不能干啊。现在这样，要么你们结账下车，要么我把你们拉回去再结账。

相持不下，经过多方面考虑，我们只好下高速回去。

在刘墨的店里，谢欣一直给他俩打电话，从不接打到关机。她差点急哭了，一遍又一遍问我，你说不会有事吧？我安慰她说，不会的。

黄昏时分，刘墨鼻青脸肿，跌跌撞撞地走进来，我们急忙上前去扶。店里乱成一团，有的拿热水帮他敷，有的去炖补汤，有的打电话叫救护车，只有谢欣抱着他哭。

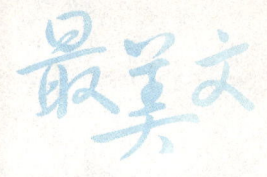

五

刘墨在床上躺了个把月,谢欣一直照顾他,郝勇没再出现。他始终不肯说那天到底发生了什么,我们也不好再问,事情就那么不了了之。

或许我们都不约而同地明白,生活从来不需要了解过去,在那么长的岁月里,我们只在乎身边是不是有自己最爱的人。

我们都在默默祝福他们,希望有一天,可以看到满园春光。

就在这时,郝勇再次闯了进来,手捧鲜红色的玫瑰,跪在谢欣面前,他说知道错了,他不能没有她。

谢欣虽没说话,却从此和刘墨尴尬起来,让他对她不要那么好。甚至找借口,说要回去看妈妈,就离开了西安。

最终,她还是回到郝勇身边,邀请我去参加婚礼。

她跟我说:"这个世界很现实,就像我们那天上高速,司机马上要加钱。"

我点点头,说:"我明白。"

我始终没提谢欣要和郝勇结婚的事,但刘墨还是知道了,可他很平静,和我们一起帮谢欣准备结婚的东西。他忙前忙后,十分活跃,让人误以为他就是新郎。

婚礼当天,刘墨身着黑色西服,领带扎得整整齐齐。谢欣披上嫁衣,坐在床上,我们一帮女孩子顶着门管郝勇要红包。从101到1001,再到10001,郝勇只得一一答应。还有人继续涨价,郝勇说:"好姐姐们,我没带那么多钱啊,你先让我把新娘接回家,我回头打到你们卡上还不行吗?"

屋内一片哗然,七嘴八舌喊着:"我们不要空头支票……"

一直看我们闹,却始终沉默的刘墨,终于开口,说:"没带钱不要紧,心总带了吧?你能把一颗心完完整整给新娘,我就让你把她带走。"

在刘墨孤寂落寞的眼神里,我看到了他的内心独白:

从认识的那一刻,我就把整个心给你,让你紧紧握着。我以为,没有比我更爱你的人了；就算真有那么一天，那一定是我死了。而我不能死得太早，因为我总担心，没有人会像我对你那么细致入微。

我多想把你紧拥在怀中，又怕抱得太紧，让你喘不过气。

你是最特别的乘客，而我只是个车夫。我跟着你的意志，调整自己的方向，哪怕已经走出属于我的城。你在中途毅然转车，豪华轿车在等你，就此上高速。我知道自己不可能再追上你，所以在你上车之前，我努力再送你一程，因为恐怕此生都不会再有这样的机会了。

你有权利选择幸福的方式，我还得小跑求生，只想在最后说一句：

祝你幸福！

六

忙了一阵子，我搬家，刘墨电话打不通。春节后上网，他发消息说："我也不在西安了。"

我说："那你在哪儿？西安的饭店呢？"

他说："我现在在新疆，开了个小饭馆。"

我打趣说："怎么去新疆了，泡妞啊？"

他说："是泡到妞才来的。"

我自是认为他在开玩笑，也就没多问，直到几个月后，猛然看到他空间更新了相册，名为"我的胖妞"。打开来看，里面全是同一个姑娘，当然也有他。他依旧文质彬彬、沉默，姑娘肉嘟嘟的，在他身边笑靥如花。

我突然想起谢欣，进她空间才得知，她怀孕了。但个性签名却是，在一个女人最需要的时候，你没有出现，那你就再也没有出现的必要了。

之后，不断看到，她对现在生活的不满。

其实她说得对，这个世界很现实，就像我们那天上高速，司机马上要加钱。可她却忘记了后面的，比金钱更重要的是生命，所以无论你有多少钱，都无法到达目的地。

后来跟刘墨聊起胖妞，他很是悠然自得，跟我说："她回眸的微笑，是

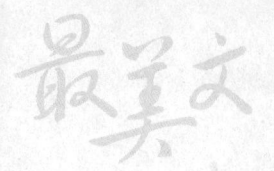

那么美,那么纯,让人觉得,谁这辈子若辜负了她,一定会遭天谴的。"

我不由得展开笑容。

胖妞是个实习生,性格开朗,经常叫我去新疆玩。有一天,我忍不住问她:"刘墨最打动你的地方是什么?"

她想了一下,说:"他让我很安心。在我任性时,他说不需要我体谅他,他会陪我长大;在我们吵架时,他紧紧抱着我说,不会离开我。"

我们真的会找到更好的,不是更好的人,而是以更好的方式去爱别人。曾经用生命爱过的人,在将心抽离之后,反倒会变得更加明朗和勇敢。从而,对生活的态度开始变得朴素。而再面对爱情时,却更懂得欣赏、体谅和包容,并愿意一起成长。

世界上没有完全对的那个人,只有在珍惜中,将爱磨成习惯,连争吵都变得甜蜜的两个人。女人最怕的,不是你现在一无所有,而是始终看不到你的方向和决心。

刘墨都明白了。

也会有人跟你说:我不想跑了,你就是我的终点。

(原载《考试报》2014年第31期)

有些人走着走着就停下了,有些是因为累了,可是大部分是因为遇到了那个可以依靠的人,你找到那个人了吗?

用责任守望爱情

文 / 一枚芳心

人生须知负责任的苦处，才能知道尽责任的乐趣。

——梁启超

山村的早晨清新怡人，空气里飘荡着丝丝芬芳，缕缕炊烟穿过树梢，向天空飘去。宁静的农家小院，他搀扶着她在院子里练习走路。她头上戴着帽子，表情木然，走上几圈后，他就让她坐在凳子上休息一会儿。

他蹲在她面前，按摩她的手指和胳膊。她突然把胳膊从他手里挣脱出去，孩子似的拍打着他。他忙说："乖，是我不好，弄疼你了吧，下次按摩的时候我会轻轻的，好不好？来，我们再走几圈，走完了我给你去买爆米花吃好不好？"她笑了，像一个天真的孩子。

他今年24岁，是个帅气英俊的男孩。她是他的未婚妻，比他小一岁，生活不能自理，智力在两三岁水平。原本他们是一对幸福的恋人，但一场飞来横祸，改变了一切。

去年秋天的一个晚上，他和她看完电影沿着公路回家，他走在她的左边保护着她，两人说着刚才的电影，不时笑着，幸福而甜蜜。马上就要到家了，他和她相视而笑。突然，她被后面飞速驶来的一辆摩托车撞了出去，头部着地，鼻口满是血，当场失去了意识。他急坏了，抱起她边跑边拦车，很快，一辆车停了下来，把他们送到了医院。

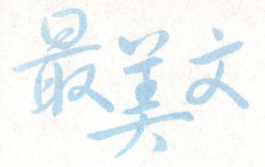

经医生检查发现,她的颅内大面积出血,血块压迫神经,必须立即做开颅手术。几天里经过两次大的开颅手术后,她终于醒了过来。望着醒来的她,他握紧她的手,呼唤着她的名字,她却面无表情,不认识他了,连自己的母亲和家人都不认识了。医生说她已没有了认知能力。

她的智力水平变得非常低下,吃饭喝水无节制,大小便失禁,生活完全不能自理。看着她变成现在的样子,他的心十分疼痛。

她一刻也离不开别人的照顾,她的母亲个头矮小,一个人根本照顾不了她。医生说不能让她跌倒,一旦跌倒,以前的治疗就都白费了。听了医生的话,他毫不犹豫地说:"我留下来照顾她,保准不让她跌倒。"

每天早上,他帮她穿衣服、洗脸、刷牙,然后扶着她出去遛弯,回来喂她吃饭,然后再帮她按摩,陪她聊天。说什么他都得思量着,因为医生说不能让她伤心,更不能刺激她,那样不利于她的恢复。他就像哄小孩一样,时时刻刻哄着她。

他的母亲打电话让他回家,因为是家里的独子,他担心家里有什么事,便匆忙赶了回去。原来母亲给他安排了一次相亲,母亲说:"你不能再去照顾她了,你也不小了,我们也老了,你还是找个健康的姑娘早点结婚吧。"

他说:"那怎么行,她现在正是需要人照顾的时候,我不能扔下她不管。"

母亲说:"你结了婚一样能照顾她,可以像照顾妹妹一样照顾她。"他说她是和我在一起时出的车祸,我要对她负责任。

他不顾父母的反对,毅然回到了她的身边。

日复一日,她的病情并无大的进展。无眠的黑夜里,想起年迈的父母无人照顾,想起同龄人结婚后都过得那么幸福,想想自己的付出不知道何时才有回报,他觉得命运与他,是那么冷酷。放弃的念头在他脑海里闪啊闪。

看着睡梦中的她孩子似的笑着,那么单纯。他轻轻地握住她的手,告诉自己:既然走到一起,不管发生什么事,都应该一起坚持走下去。他知道她需要他,他相信她有一天会好起来。他觉得她就像一朵暂时睡意浓重的花,总有一天会醒来。

邻居对他说:"你们才相识一个月她就出了车祸,你这么照顾她,还把她照顾得这么好,真不容易。"

他眼圈红了:"如果我不管她了,她这辈子可能就完了。我希望她好起来,也相信她一定能好起来。"

上天不负有情人,她的病情慢慢出现了好转,能下床了,在搀扶下能走路了。有时候,嘴里还能蹦出几个词,并能听懂他说的话了。他高兴极了,他觉得黑夜也变得温暖了。

医生说她什么时候能好起来还不确定,就算康复了也会留下后遗症。他说不管将来怎样,他都会继续好好地守在她身边。

他对她说:"你快点好起来吧,你好的那天,我们就去领结婚证。娶你做我的新娘子,一辈子也不分开,好不好?"

她点了点头,笑了。

有人问他这样的日子苦不苦,他一脸阳光地说:"说不苦是假的,但甜蜜更多,就像等待一朵花醒来,心里是满满的希望。如果你带着责任心去爱一个人,做什么都不会觉得苦。"

(原载《语文报》2013年第33期)

苦是假的,可是更多的却是甜蜜。等待一个人是甜蜜的,爱一个人也是,被爱同样如此。

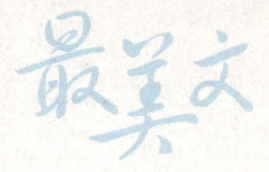

优雅等待花开

文／顾晓蕊

> 不能浪费任何一段经历，每段经历都要理性地提炼。
>
> ——张亚玲

一

初秋，风动桂花香。他循着香气向前走去，看到一排排的桂花树，以及站在花树下的她。她穿着一袭淡碧色的长裙，袅袅婷婷，捧着英语书在诵读。闻着沁人心脾的花香，听着清脆悦耳的读书声，让他有些失神般陶醉了。

自那以后，在校园里，在食堂里，他的目光都有意无意地追逐着那个倩影。她素净的脸上，挂着淡淡的笑，凌波微步般一闪而过。令他没有想到的是，高二分文理班时，她成了他的同桌。

她落落大方地跟他打招呼，"嗨，你好，我是芦小诗。"他难掩喜悦地笑应道："我的名字叫张树，很高兴能够和你同班。"有时遇到难解的题，她会一遍又一遍耐心地给他讲解。晚饭后，她喜欢吃苹果，削去薄薄的果皮后，她将苹果切成两半，把其中一半递给同桌的他。

他接过来，一小口一小口慢慢地吃。那一份甜融进嘴里，化进心里，悄然升起一种淡淡的情愫。

没想到一件小事，打破了这份平静。

那天下楼梯时，他不小心扭伤了脚，她看见后，冲上前搀住了他。这看似亲昵的一幕，偏巧被年级长撞到，因此俩人被"请"进教导处。班主任闻讯赶到后，说："这件事交给我来处理吧。"

他们低着头，默默跟在老师身后向教室走去。老师忽然站住，指着一些嫩绿的枝条说："你们看，上面长花苞了，等待花开的日子是美好的。"顿了顿她又说："我相信你们，回去好好复习功课吧。"

原以为老师的脸会晴转阴，甚至大发其火，没想到会把他们当作受惊的小燕子，轻声细语地给予安抚。他们满怀感激，主动跟老师挥手道别，若有所思地回到教室。

二

第二年的夏天，她考取了省内的一所中医学院，而他跟随家人去了加拿大。到了国外以后，考虑到语言交流的障碍，他被母亲安排到一家语言学校就读。

这一年多来，他无心领略当地迷人的异域风光，脑海中时常浮现出她甜美的笑容。

他通过同学联系上她，经常跟她通越洋电话、发短信。他的爱如一缕春风，在她的心湖中泛起层层涟漪。随着时光流逝，思念更浓，他们的感情不断加温。

他要回国，去找朝思暮想的她，这个想法刚一提出，就遭到了母亲的反对。他心意已定，暗暗从生活费中省出钱，买了一张回国的机票。下了飞机后，他身上的钱已所剩无几，只好跟同学借了些钱，坐火车驶向她所在的城市。

从电话里得知，他只身回到国内，这个消息让她又欢喜又吃惊。她赶

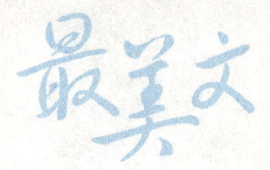

到火车站迎接,当看到他一路风尘仆仆,身形削瘦,眼里盛满疲惫时,她的眼泪肆无忌惮地滑落下来。

为了能经常看到她,他在小城的一家酒吧里打工,在她的劝说下,他边打工边补习功课。又是一年盛夏时节,他考到同省的另一所大学,就读煤炭工程专业。

读大学期间,每逢周末,他就乘火车来看她。两人沿着河畔散步,她走累了,他会背起她跑上一段路。偶尔她会给他讲起中医,桔梗、白薇、锦灯笼、相思子……她说,这些好听的草药名,给人妥贴安稳的感觉。

她乌黑深邃的眼眸里,尽是似水柔情,让他甘愿沉溺其间。这个素心如简的女孩,浑身透出一种难以言说的气质。他多想和她在一起,看花开花落,任韶光流转。就这样携手相牵,岁岁年年。

三

他毕业后,在一所煤矿工作,成为一名煤矿技术员。由于工作的缘故,他经常深入到矿井一线,经过一天的忙碌后,累得骨头都快要散架了。

大洋彼岸的母亲知道后,几次打电话催他返回加拿大。这次,母亲的态度已有所缓和,同意让他带着女友一起出国。母亲还发来了几张照片,花园式洋房,清幽秀丽的环境,自家院内的大树上,还跳跃着几只小松鼠。

他找到正在读研究生的她,转告了母亲的想法。她神情沉静,眉梢间却透着坚毅,"我的根在这里,何况读的是中医专业,应当留在国内。"他将她的手合在掌心,说:"这也是我们俩的选择,我这就告诉母亲,要永远陪在你的身边。"

她轻叹道:"你的工作太辛苦,有时还很危险。""放心吧。我会好好工作,用行动证明给你看的。"他的坚定、勇敢、无畏,让她心中一暖,感动地扑进他宽阔的怀里。

又过了几年,他经过不断的努力进取,赢得领导的赏识和器重。他被调到煤炭工业设计院,凭着果敢严谨的作风,把工作干得风生水起。这时她那边也传来好消息,考取了北京中医药大学博士。

他跟她商定,趁着放暑假,给这长达八年的爱情长跑,划上一个完美的句号。

她穿着洁白的婚纱,款款地向他走来,宛若一朵盛开的白莲花。证婚人是他们的班主任老师,在婚礼上她拉着他们的手,笑盈盈地说:"祝福你们!我无意中竟做了一回红娘。"

他们莞然一笑,心里幸福流溢。爱情是尘世间最美的花朵,在这近三千个日夜里,他们用一种优雅的姿态,静静地守候花开。最终,他们等到了圆满和相守,演绎着属于自己的浪漫传奇。

(原载《语文周报》2014 年第 22 期)

> 守得住寂寞,才能争得到繁华。每一段漫长的等待都是值得的,因为等待本身就是幸福的。

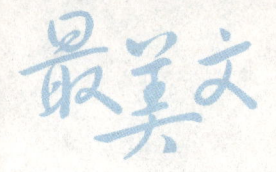

这辆列车不到 2046

文 / 凉月满天

  好花盛开,就该尽先摘,慎莫待美景难再。否则一瞬间,它就要凋零萎谢,落在尘埃。

——莎士比亚

  十几年前的土地不像现在这么矜贵和僧多粥少,即使家在农村,也只一人困守屁帘儿大的一块,上面插花一样间作套种,务必使地物尽其用。那时候,大片大片的棉田,动辄绵延十几亩。绿油油的棉株,巴掌大的叶子迎风招展,外行人看上去欣欣向荣,只有内行——包括我,一眼看上去,就颔首曰:"嗯,该修理了。"

  说来惭愧,身为农村人,我一浇地不会改畦,二打药背不动药筒,去捉虫,被长势良好、胖乎乎的肉虫子吓出一身汗,只有给棉花打尖理杈是长项。棉田一眼望不到边,风飒飒地吹着,脚一步一步往前移动,手不停地给棉株"掏耳朵"——就是把主力棉枝以外,在腋窝长出来的捣乱的小嫩尖掐掉,不让它们长成不结棉桃的谎枝,夺取养料。

  "把反对势力消灭在萌芽状态",就这意思。这是我最钟爱的一种劳动方式,安静、舒缓,没事可以四处乱看,看天看地,白云苍狗,晴川历历,芳草萋萋。一大片绿云上浮着一个小小的,穿的确良小花褂的身影。偌大的棉田里,通常只有一个人和我作伴。

家里别的男人们有更重要的活路，浇水、锄地、打药，顶着烈日耕锄犁耙，只有他清秀文弱，就把他留在我身边，一边闲闲地说着话，一边一起给齐腰高的棉花掏耳朵。一人占两垄，他干得快，时不时把手伸过来帮我顾一段。正是六月天，抬起头，能看见他脸上的汗。奇怪的是这个人辍学务农已经两年，却怎么晒都晒不黑。十七岁的少年，面白、细眼、长身，眼睛里总有一点点忧郁的神情，招人心疼。家里穷，虽然没让他再上学，但也不舍得让他多吃苦。我是到他家度暑假去的，当然也不会为难我这个客人，于是就把他派来和我一起干这种轻省的活路。

远远地看过去，地头放着他那辆二八加重黑飞鸽自行车。从家到地，需要穿过整个村子，走过弯弯曲曲让我绕不清楚的小路。他在后车架上带着我，我一边坐着，一边拿手指一下下刮他的后背。他就单手掌把，腾出一只手来攥住我的手，惊惊险险地在人们的目光和两旁的田地间穿过。

其时我读高二，自命算命先生，学校里正流行看手相。傻丫头们乐意幻想爱情线预示什么样的如意郎君。我想给他看看，他就是不肯，把手攥得紧紧的，怎么掰都掰不开。掰开一根，攥起另一根，掰开另一根，他把我的手也攥住。也不出声打闹，两个人安静地斗法。斗着斗着就到了，下地，干活。

要开学了，该回家了。二十多里的乡间土路，曲曲折折，还是他送我。两旁是合抱的大杨树，巴掌大的叶子在夏风中哗啦哗啦地唱歌。他停下来，把车子支好，我站一边，莫名其妙，看着他一步步走近，伸出胳膊，抱住我。我个子矮，虽然也十七岁，但刚一米五，他却一米七还多。努力抬头，能看见他白皙的脸，还有好看的、红红的、女人一样的嘴唇，细长的眼睛闪闪发亮。他捧起我的脸，叫："凤芝"，柔软的吻像蝴蝶，轻轻落在花瓣上……

是的，凤芝。

也是暑假，去住了几天，走的时候他不在。过了几天，再去，他还是不在，又出门了。一本书凌乱地翻开着，几乎每一页纸的边边沿沿都写满

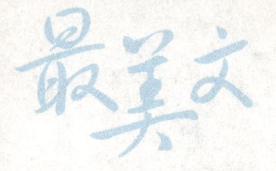

了这两个字：凤芝凤芝凤芝……感觉这两个字像长了嘴，发出一声声呼叫，呼叫里是浸透了疼痛的快乐。正出神，身后有响动，他像只猫一样轻轻地出现了，就在门边，不说话，静静地看我。伸出胳膊，一把就把我搂住了。

那天晚上，我宿在西屋，他没走。

外面脸盆大的白月亮照着，他也没睡着，我也没睡着，两个人的衣服都穿得整整齐齐的。闭着眼睛，他吻我，我不张嘴，他也不张嘴，两瓣嘴唇像印模一样贴着——我们都还不懂怎么接吻呢。半睡半醒间，天就一点点亮起来了，鸡开始叫，大人一边咳嗽一边生火。睁开眼睛看他一眼，红脸埋头，他轻轻扳着我的肩膀叫我："凤芝……"没有誓言，没有许诺，那些不可解的美丽与不能承受的哀痛啊，那些铺满成长小径的忧愁，从此以后，世情如炉，人心似火，再也没有过这样美丽的时刻。

我们是没有未来的——他是我表哥，我考上大学第二年，他结婚了。我大学毕业的那年，他添了小宝宝。看着他抱着穿得像个小狗熊一样的娃娃迎面走来，站定，细长的眼睛静静地看着我，叫："凤芝。"我的心疼了一下。

我是来报喜的，我也要结婚了。他听了，低下头，说："哦。"

十几年过去，整个世界都变了。农村再也没有大块大块的棉田，整个华北棉田的风光都已不在。他已经是两个孩子的爹，我的孩子也十岁了。整天穿着职业装来来往往，心情疲惫，人事繁忙。不如意的事情很多，就把以前种种慢慢淡忘了。

自从上网，认识的人越来越多，经常接到莫名其妙的电话和短信，已经习以为常。有一个号码反复发来，有时是一个字："累"。有时是一首字谜，谜面忘记了，谜底倒很容易猜："想要把你忘记真的好难"。有时是谆谆关怀："一向可好？"

我回："请问哪位？"不理我。

"你谁？"不理我。

"你究竟是谁?"还不理我。

把电话拨过去,居然一拨就挂,一拨就挂。

不堪其扰,我找朋友:"你帮我打,看是哪个家伙,骂他一顿。"朋友马上就把电话拨过去了:"听说,你爱乱给人发短信是不是?小子,你再敢这样,我剁了你!"马上电话就打来了:"凤芝,是我。"

"啊?"我没有话,是表哥,他也没有话,在电话里一起一伏地呼吸。相隔太久,也太远了,同事叫我:"老闫,走了,吃饭去。"我抱歉地笑笑,把电话挂了。

有一天回娘家,我娘说:"去看看你姨爹吧,躺炕上不吃不喝十多天了,估计快那什么了。"

"哦。"我有些自责,好几年没去看望他老人家了。这是个老实忠厚的人,从来不生气,也没有邪火。估计除了不让天资聪颖的表哥上学这件事,别的就没做错过什么。

先生骑摩托车带着我,一路上树木"嗖嗖"地往后倒,进了村,我迷了路。大大的水塘不见了,"呷呷"叫的鸭子不见了,空阔的场坪也不见了。那条曲曲折折通到棉田的路影踪全无,到处是房子,还有切割大理石的机器轰隆隆地响着。我给表哥打电话:"来接我,我在村口,找不见家了。"

两分钟不到,一个人骑着摩托飞快地赶来,我冲他一摆手,两辆摩托相跟着飞快地往家冲去。到家,摘掉头盔,表哥看着我,说:"怎么这么瘦了!"

我低头看着:"这怎么能叫瘦呢?还是这么珠圆玉润的!"

进屋,寒暄,姨爹在炕上躺着打点滴,一家子都在跟前守着。表嫂见我来了,笑着说:"哎呀也不见你哥接个电话就疯了样往外跑,原来是把你们接来了……"大家都笑,表嫂什么也不知道,也胸无城府地跟着笑。表哥不笑,坐在一把椅子上,低头抽烟,看不见表情,一霎时昨日重现。广大的棉田,强烈的阳光,慢慢走着的两个人。掰不开的手掌,重叠的嘴

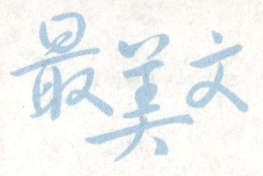

唇，静静地搂抱着细数月光。Yesterday once more，啊，Yesterday once more。

我知道我对他的冷落和辜负，我知道他也知道。自从知道是他以后，他给我发短信，我再没回过，有时是半夜两点，有时电话响两声就挂断。有时是陌生的电话号码，一查，远在上海。后来才知道，他给表弟打工，被远派上海，换了号码——还是他。

是他也没用，不冷落能怎样？不辜负又能怎样呢？难道就为了偿这一世情缘，和他做一些成年人才会做的事吗？此生此世，再也不会有十七岁的并肩而行，相向而坐。只能一个驻守，一个远离，一个怀念，一个遗忘，一个来了，另一个转过身，走了。

《半生缘》里有一句话叫人伤感："世钧，我们再也回不去了。"是的，再也回不去了。"紫藤挂云木，花蔓宜阳春；密叶隐歌鸟，春风流美人。"

那是少年时代的爱情，纯美得无法复制，洁净得不容玷污，让人不忍心再有进一步接触。有些人只适合做朋友，有些人只适合做情人，而有些人什么也不适合做，最合适的地方就是在心底悄悄藏着，偶尔想起，微微痛过，也就罢了。

我没看过王家卫的电影《2046》，只知道这是一列开向未来却装满回忆的列车。表哥，我们这趟列车，不到2046。

（原载《考试报》2013年第8期）

> 有些人是可以怀念的，有些人只适合忘记，而有些感情却让我们无能为力，最终只能选择放弃。

谈一场有祝福的恋爱

文 / 积雪草

  有了朋友,生命才显出它全部的价值;一个人活着是为了朋友;保持自己生命的完整,不受时间侵蚀,也是为了朋友。友谊要像爱情一样才温暖人心,爱情要像友谊一样才牢不可破。

——穆尔·约翰

  去南方旅行,在火车上遇到一个年轻的女子。

  火车在青山绿水中穿行,如蛇一样,时而缓慢,时而灵动,车窗外有山有水有树有花,那女子坐在靠窗的位置,沉静、内敛,穿白衫,手里拿一本书,随意地翻着,时而秀眉微蹙,时而转头窗外。不知道是车窗外的风景陪衬了她,还是她陪衬火车外的风景,总之,是那样恰到好处的一幅画,流动的风景,唯美的图片。

  喜欢乘火车旅行的人,大约都是闲适自由不赶时间的人。我问她,一个人?她点点头,说是,一个人可以想想事情。

  花开的季节,谈一两次恋爱,那是漫漫人生长路中最美丽的事情。一个温情的眼神,一个无意中的动作,一句无心的话,都会令人遐想半天。牵着手在长长的林荫路上散步,一起去看场电影,一起去吃顿饭,收到家人的祝福,朋友的艳羡,就连偶尔吵个小架,都充满甜蜜的味道。

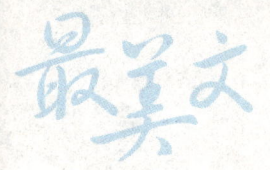

可惜这一切,都与她无关,她的恋爱充满挣扎与纠结,充满眼泪与矛盾,充满不安与混乱,更收不到来自亲人的祝福和朋友的安慰。

她是工作两年后开始恋爱的。

那个男人成熟稳重,一举手一投足都充满男性的魅力,有一点点腼腆。着急的时候,说话会有一点小结巴,可是这点小小的瑕疵并不能掩瑜,相反,倒给人一种真实感和安全感。

他是她的客户,常来常往,熟了以后,她爱捉弄他,喜欢看他着急的样子,因为他越着急就越结巴,然后就越说不清楚。她静静地笑着看他,他醒悟,说:"你这丫头也太坏了点。"嘴上如此说,心中却是喜欢的。

不知不觉中两个人就恋上了,然后家里就知道了,身边的朋友也知道了,狂风暴雨般袭来的好言相劝,分析利弊。父母的白发和眼泪,朋友的无奈和忠告,可所有这些都阻挡不了这场感情的来临。

她想什么都不要,就这么跟着他,可是他却在这一场感情中左右摇摆,因为他已经被打上了婚姻的烙印。他的妻子曾经千里迢迢,背离家乡和父母,跟着他在这座陌生的城市里生根发芽。他离不开他的妻子,可是又眷恋女孩带给她的温情。

这样的男人不值得爱,他用爱着另一个女人的心爱你;他用接纳另一个女人的怀抱接纳你;他用爱着另外一个家庭的心去温暖你,你觉得这样内心龌龊的男人会有多少爱是留给你的?

在一场恋爱或一场婚姻中,光有爱是不够的,还有责任和义务。你有责任让你爱的人过得幸福甜蜜,你有义务让你爱的人过得舒适而从容,而不是天天接受道德礼审判和来自良心的谴责与拷问。给不了你爱的人幸福,那么,还不如趁早华丽转身,别伤害,就是最大的爱和仁慈。

这段恋爱也许会温暖你片刻,但不会温暖你一生,假使这段感情没有未来,你不在乎;假使这段感情充满伤痛,也让你无悔,哪怕撕心裂肺,哪怕短暂如烟花,你都不在乎。可是,假如你是一个善良的人,早晚有一天，你会面对自己，讨厌自己，因为你曾经让你的亲人如此难过，让你的朋友如此担心，让你的爱人如此痛苦，这份爱成了彼此的折磨，你还会安心好过吗？

趁着还未伤痕累累，离开吧！

人这一辈子，不能没有幻想，更不能没有梦想，可是丢掉了梦想，抱着幻想过一辈子，似乎太不切实际。民国才女林徽因之所以没有选择徐志摩，而是嫁给了梁思成，我猜想，其中肯定有这样的成份，一段好的感情，不仅仅需要两个人的情投意合，更需要来自亲人的祝福，更需要来自朋友的认可，更需要来自世俗社会的承认。

有祝福的恋爱是幸福的，有祝福的婚姻是甜蜜的。

火车在青山绿水中穿行，穿行的时光好比人生，每一段都有不同的风景。年轻的女子坐在靠窗的位子，一本书放在小几上，被风吹得一页一页乱翻，清风不识字，何故乱翻书？可惜了这样一个好看的女子，爱不起的时候，最好别轻易碰触。

佛说，放下，方能拥有；放下，便是解脱。

（原载《考试报》2015 年第 35 期）

放下是最好的解脱。放下执着，放下沉重，放下一切不开心的事，这样就可以轻松上路了。

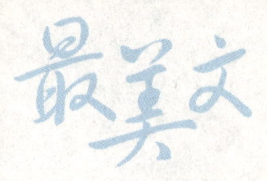

错过与过错

文 / 范文超

谁若是有一刹那的胆怯，也许就放走了幸运在这一刹那间对他伸出来的香饵。

——大仲马

孤独，一瞬间印在了她的心湖里

若馨用微信搜到了雨田，当时他距离雨田不过十几米，她看到雨田也在摆弄智能手机！

她打了三次招呼，第三次他才回她。若馨在微信里说，他们相距不到一百米，如果感兴趣的话，可以约个会。

然后她就看到，雨田从阳台上探出头来，四下里张望。若馨拉上了窗帘，她不想这么快就让他知道自己就是他对面的邻居。几天前，她就注意到了对面这个身材特棒的男生。

后来两人互相加了好友，联系就增多了起来。那天，雨田说想喝瓶汽水，楼高不想下去。没过十分钟，若馨就从自己冰箱中翻出来送了过去。

这是若馨第一次到雨田家里，才发现，这个身材如此魁伟的男子，家里摆设得却一点也不魁伟——可以说没有一件像样的家具，只有一个行李箱，和一张大双人床。他告诉她，自己是个平面模特，平时除了拍片，剩下的时光都送给了睡觉。

若馨坐在了他的床边，很是矜持，这么近距离地看雨田，更加英气逼人，雄性的荷尔蒙撞得她有些眩晕。

彼时，雨田穿着一件白色背心，背对着她梳头发，那健美的身材有棱有角。若馨觉得自己成了一把古琴，让他的梳子一下下拨动了。

那天，她都不记得自己胡说了些什么，谈话结束，她都没道出任何有分量的语言。

倒是雨田很大方，在送她进电梯时，说了一句："没事过来找我玩啊！我在这层住，你瞧多孤独！"

孤独，一瞬间印在了她的心湖里。

有些人当了小三，还可以这么理直气壮

若馨在一个地下商场出口被人堵住了，然后被一个男人扇了耳光。

若馨没声张什么，她知道会有这一天。她看到男人身边有个妖娆的女人，而那个女人，很明显不是很友好。

男人是前男友，但若馨的前男友很多，她有着不同于其他女孩的气质，所以，身边不乏追求者。她可以和四五个男人同时交往，而且这些男人都是高富帅，甚至是有相当背景的。她有着全套的监听和反监听设备。

和这些设备打交道的能力似乎是天生的，而这些东西也给她带来了丰厚的回报。

私家侦探所的老板对她格外器重，说她不仅有年龄优势，还有性别优势，在战争年代绝对是个可以重点培养的女间谍。然后给她钱让她出入酒吧，勾引那些酒吧里疯狂的青年男子，然后把这些资料转交给一个个富婆的手里——那些人大部分是富婆包养的小白脸。

于是，若馨凭借强大的自身优势，和这些男生混得如鱼得水，但是也有马失前蹄的时候。就比如今天的这位，她借谈朋友的名义，与男人交往了两天，她发现这男生除了被包养外，还有一个正式女朋友。于是，她采

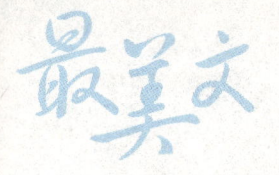

集了相关资料。

这个世界有些事真的很复杂,若馨有时读不懂这个社会,她无法理解。

在选择把资料给老板还是和男人交往上,她果断选择了前者,1万元很快打到了她的账户上。

若馨疼得弯下腰,男人在扇完她巴掌走了之后,他身后的妖娆女人用高跟鞋狠狠地踩了她一脚。她边揉边纳闷,有些人当了小三又如此滥情,居然还可以这么理直气壮。

她一步步回到家,给自己抹点药,然后收到了雨田的信息:"方便上来吗?"

是我女朋友,就得尽女友的责任

若馨在雨田那里醉了,可是她坚持回了自己的家。雨田也喝了些酒,他的眼中似乎能喷出火来。对若馨说:"今晚别走了吧!"

若馨打量了下他,摇了摇头。她可以和人交往,但是不能随便和别人发生关系,这些人可是她的客户。

她深知雨田是个什么身份,如果不是那个老板出了大价钱,神神秘秘地找到她公司;如果不是需要常常监控他,若馨才不会搬到这么个小区来,离市区远不说,附近也根本没啥好玩的!

那笔钱,足够她用一年了,挣到手,就可以用一年的时光来打发。她想自己开个琴房,这是她大学时代时就立下的愿望。

她走到门口时,轻轻抱了下雨田,就算是弥补他生日礼物的安慰吧!今天之所以喝酒,是因为雨田过生日,之所以喝多,是因为白天受到的委屈!

可是回去后,她怎么都睡不着了。雨田那燃烧着火的眼神不断在晃,一直晃到了早晨。干脆起身,打开监听器,昨夜喝酒时,她顺手在床下安好了。

雨田的屋子没有什么响动，仔细听，可以听到他平稳的呼吸声。若馨忽然想到一句古诗："吟成豆蔻诗犹艳，睡足荼蘼梦亦香。"她觉得，她已经爱上他了。

隔天，她的脚伤好了，她再次来到雨田家，说要补上生日礼物。

刚刚到时，雨田正在打电话，电话里，貌似在和别人吵。说着说着，忽然把电话伸到若馨面前，说："说你是我女朋友。"

若馨一下明白了，她笑言："是啊，我是他女朋友，从昨天他生日开始的。"

对方沉默了一下，然后挂掉了。

雨田把她一下拉到了怀里，幽幽地说："若馨，是我女朋友，就得尽女友的责任了。"

这个人现在确定是消失了，而且很是决绝

那夜回去之后，若馨想了很久，雨田那么英俊潇洒，对她又是一片痴情，这个机会是可遇而不可求的，如果错过了，也许永远都不会再遇到。

她给老板打电话，说这个单子她想放弃。真正的理由她没说，那就是她没有想到，自己和客户会发生真感情。她爱上他，不仅在于他外形俊朗，而且因为他也是学琴出身，他说他是个琴痴，遍访名师。后来，有个很看重他的女老师对他格外倚重，然后有一次就与他倚到了她琴房隔壁的卧室里了。

若馨听了，问他，那时你的打算是什么？

雨田顿了下，说："当时就是想把琴学好，其他没什么，后来和那个女人热恋后，就想和她结婚。如果不成，就私奔，或者自杀。"

"那现在呢？"

"忘记她，然后和你好好过日子。"

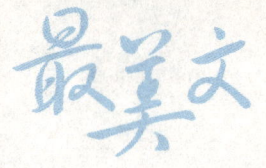

若馨很满意他的答案,算来,这几年虽然积蓄不多,但买房子首付基本没问题。然后和心爱的人慢慢还贷,再一起开个琴房打理,现在艺术辅导班很火,日子肯定不用愁。

她把自己的想法告诉了雨田,但他似乎对未来没什么构想,而是格外看重现在。

若馨带好了她的银行卡,准备跟雨田一起去看房子,可就在第二天的时候,雨田失踪了。

他的房间里本来就没什么东西,现在只有一张大床摆着,空荡荡的,好像这里从没有住过人一样。若馨去找房东,房东奇怪地打量了她好久,对她说:"那个房子一直没人住,你撞到鬼了吧!"

说完,房东走了,留下她在那傻愣愣地站着。

难道这两个月来的情来感往都是假的?不可能,雨田的风度,那健硕的肌肉,那有力的呼吸,绝对不会是假的。

可是,这个人现在确定是消失了,而且很是决绝。同时消失的,还有她安在床下的窃听器。

就这么错过了,这是谁的过错?

若馨是在一年后再见到雨田的,是在一次风光无限的酒会上,不过她不是主角——她不过是角落里一个很不起眼的孤独身影。雨田出现时,她吃了一惊,雨田身边,是一位上了年纪但很有气场的中年妇人,两人不疾不徐地走向主席台。

若馨把头轻轻地摇了摇——人,最终都会走到现实的,当时自己的纠结显得好傻,这世上真的有爱情吗?或许有吧,可对我来说太奢侈了。

可是接下来,那位气质女人对大家介绍说,雨田是她的儿子,这次高端酒会的举办,是对外正式宣布,让雨田做公司的接班人。

若馨显然很意外。

酒会过程中,她走到雨田跟前,与他碰了碰杯。雨田更加意外,他说:

"你知道吗,当时,我真的很爱你。我当时跑到那么一个荒凉的地方自己住,就是为了忘掉一个女人,后来遇到你,你不知道你们有多像,我真的是不得不爱!"他继续道,"可是后来,我发现你不信任我,居然在我床底安了窃听器,这太可怕了。我给了房东一笔钱,叫他不要泄露我任何信息。没想到我们还能再见面,你看,这就是我的公司,我的人马,还有,我的女友"。

他指了指远处一个女子,对若馨说。

若馨笑笑,祝你幸福。

这句话她听了太多人说出,这次轮到自己了。还记得吗,那些彼此慰藉的夜晚,微笑的调情,温柔的叮咛,粗犷有力的臂弯,那一段时间是真正属于她的。可是,雨田不会知道,正是因为那段时间他失恋,她母亲才找到她让她暗中监视并保护他的。

若馨觉得,现在说这些自然是毫无用处了,人与人之间的缘分是莫名其妙的,不知道会在怎样的时刻邂逅,也不知道会以怎样的缘由离别。

就这么错过了,这是谁的过错?

若馨在雨田离开半年后,结婚了,和她的另一个客户,开了一家琴房,是她想要过的生活。

如果不是与雨田错过,今天站在婚礼现场,高傲地与别人碰杯的,会不会就是他呢?

(原载《心理与健康》2014 年第 7 期)

错过是一场凄美的邂逅,就像一场烟花的呈现和消失,最后只剩下寂寞的冷。

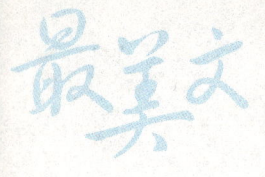

错失的钱包

文 / 李莉

由于痛苦而将自己看得太低就是自卑。

——斯宾诺莎

与陈浩的相识，让我狼狈不堪。

那天，我在大学新生报名处报到。在交费处，发现自己的三十元钱不翼而飞，于是在地上四下搜寻。

一个穿白衣的男孩在一旁，安安静静地观察着我。我有些懊恼，我这形象已够狼狈了，还要在一旁欣赏啊？

"你是不是掉了三十元钱？"他走来问。

"啊？是的，你怎么知道？"我惊讶地问。

当他递来我丢失的三十元钱时，我怦然心动。

不是见钱眼开，而是这时我才注意看他，他那俊秀清爽的气质让我眼前一亮，真是很好看的人啊。

他说："刚才我们在班主任那儿报名，你走后我发现地上有这钱，估计是你的，就来找你了。"

我涨红了脸看着他，有点发呆，竟忘了说一声"谢谢"。

他转身离去。

他一定当我是爱钱如命的女子吧？他一定很鄙薄那个不知说句感谢的女子吧？心里真是懊悔。

第二天上课，我才知道，我和他是同学，他叫陈浩，被老师任命班长。

学期初，班主任将班费交给我，让我保管且记账，作为班长的陈浩要开支班费就要经过我。

班上搞活动买的任何东西，哪怕小到一盒图钉，踏实的我都会一笔笔地记下来。

陈浩笑着看着我的举动，说了句："把钱看得真紧啊！以后，谁要娶了你，真是倒霉。"

我笑着应了句："这事你不用担心，我要等人家还没了解我就赶紧嫁了，然后告诉对方，恕不退货。"

他哈哈大笑，赞道，是个女汉子。

在得到陈浩赏识后，我这女汉子成功地晋级为他的朋友。

我们常在课后聊天，我也常将写好的文章给他看，自豪地说："免费给你参考下，调动你创作的灵感。"他便笑着说："我发现你对我挺好的。"

我尴尬地掩饰："谁让我见面就欠你个人情呢？我这是'爱钱及乌'。"此言一出，大家哈哈大笑。

但是，我清楚，我对这只"乌"的爱远远胜过了钱。只是，不漂亮的我很自卑，胜算不大的事我不会做，我不会表明我的情感，能做他朋友我已知足。

他常调侃我："你看你，完全不像是女孩子，衣服总是灰色的，老土，如果你腰上再系一根皮带，就整个一女八路。"

我扬起手假装要打哈哈大笑的他，那天下午我就去了服装店，给自己

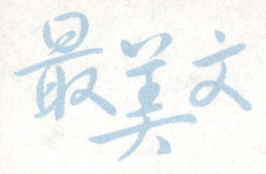

买了件红色的衣服。回到学校，像只花蝴蝶一样在他面前晃来晃去，他在一旁笑意盈盈。

在毕业前，他终于开始表现出对异性的关注。他说："你看柳叶，人家才像个女孩，又温柔，手又巧。"

我觉得心里酸酸的，是的，柳叶不仅漂亮温婉，还会用编织带编出很多饰物。我的确不如柳叶。

回宿舍后，手不巧的我开始学织围巾了，考虑不久是圣诞节，可以作礼物送给陈浩。

室友们见我在拙笨地编织，奔走相告，那个笨手的人居然也在织围巾了！大家就笑了。

是的，我在点点滴滴地改变，慢慢向他心目中好女孩的标准靠拢。

计划没有变化快，在我想向他靠拢时，他却向柳叶靠拢了。一天，我发现下课后他坐在柳叶的身边，让柳叶教他编织东西。他们头挨着头，细心地将那条彩带穿梭编织。

"要这样，这样编过来……"柳叶温柔地教，这个平常同我说话大大咧咧的男孩，连连点头，此刻听话得像一个小学生。我的心跌入谷底，酸楚和自卑交织在心头。

回到宿舍，看到床上那没织完的围巾，我的泪水啪啪直掉。

"怎么了？"室友问。

"我好笨啊，我哽咽着，围巾织得太丑了。"

我继续笨拙地织，泪水却总也止不住，很快将围巾弄湿了。无意抬头，见室友都同情地看着我。

圣诞节那天晚上，班上搞了联欢晚会。因为再过一期就要毕业，分手在即，大家很容易真情流露。

我坐在座位上，看着坐在对面的陈浩和柳叶，失去了送给他围巾的勇气。

那个总喜欢向我请教问题的吴新勇却在此时走向我，坐在我身边，悄悄对我说："听人说你织围巾还哭了啊？傻瓜，你编的围巾再丑，能得到的人都是荣幸。如果没人要，你就送给我嘛，我围一辈子。"

我理解这是一种安慰，酸楚已久的心感动而温暖。我站了起来，当着全班的面，认认真真地将围巾给吴新勇围上，低低地说了句"谢谢你"。

全班为我的举动鼓掌，在那一瞬间，我用余光看了陈浩，他一脸惊愕，神情复杂。

那天，我和陈浩都没相互送礼物。

第二天，吴新勇就围上我那织得凹凸不平的围巾，我单独找他在教室的走廊上，红着脸对他说："这围巾代表友情和感激，没其他意思啊。"他呵呵笑着说："我知道，我也是友情，想让你开心。"

不久毕业，我与陈浩和吴新勇都没再联络，从此，萧郎是路人。

多年后的一个春天，阳光明媚，我带着九岁大的儿子逛街，竟看见了柳叶。

我们欢喜地呼喊对方名字，然后一路同行。

我问柳叶，嫁与何人？

她的老公竟不是陈浩，我不动声色地问："有段时间陈浩喜欢接近你，我还以为他在追求你呢。"

柳叶呵呵笑，说："不是这样的，陈浩对我说他喜欢上一个女孩，想让我教他编一个钱包送那女孩。"

陈浩说，那女孩不漂亮但很可爱。他拾到了女孩的三十元钱归还了，那女孩就"爱钱及乌"，成了他好朋友。他担心女孩又丢失了钱，又被其他男孩拾到，女孩又去"爱钱及乌"，所以，他要亲手编个钱包来帮她保管好钱，也保管好她的情感。只是圣诞节后，陈浩说这钱包用不着了。过往尘

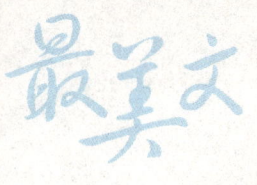

事,柳叶说得云淡风轻。

我的泪却喷涌而出。

眼前又浮现出那个自卑的女孩,因为不自信,对身边的爱浑然不知。在那热闹的圣诞晚会上,阴差阳错地弄丢了原本属于她的爱的钱包。

(原载《辽河》2014年第8期)

自卑就是不敢看向阳光的花朵,纵使青睐于雨水的滋润也不敢表达。愿每个人都变得勇敢些。

第四辑

这场爱情比 PORTS 还温暖

　　回时，恰遇快递小哥送来一个她未曾下单的包裹，打开，是那件喜欢的 PORTS 羽绒服。天气应景地下起雪，不大，却白茫茫地冷着。高俊含笑帮雀跃的李筱音穿上，把她包裹得严严实实。可李筱音的感觉既明朗又清晰，给她温暖和安全感的，哪里是 PORTS，那分明是高俊眼里盈盈满满的爱意啊。

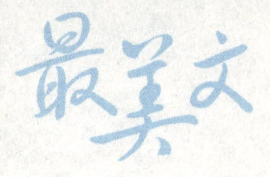

无词歌

文 / 心是莲花开

你给我一滴眼泪,我就看到了你心中全部的海洋。

——郭敬明

一

大二下学期刚开始,你对我说:"蓝月,我想退学,去做我自己喜欢做的事情。我要安心搞创作,写出最美的歌唱给你听。"

我知道你喜欢音乐,那么狂热地喜欢唱歌,可是,除了音乐,你把我们的爱情安放在哪儿呢?

你看我一脸乌云的样子,继续说:"我会去酒吧唱歌,这样你就不用向家里要学费了,可以减轻下家里的负担。"

"那好吧。"我说。

我知道你的脾气,你是那种一条道走到黑的人,没有谁能阻止得了。

你在酒吧唱歌的收入并不高,养活自己都难,别说是养活我了。我的心陷入了一片矛盾之中。

那一天,天上飘着细细的雨,我去酒吧给你送伞。你正站在台上唱歌,是《怒放的生命》:"曾经多少次跌倒在路上 / 曾经多少次折断过翅膀 / 如今我已不再感到彷徨 / 我想超越这平凡的生活 / 我想要怒放的生命 / 就像飞翔在辽阔天空／就像穿行在无边的旷野／拥有挣脱一切的力量……"透过闪烁的灯光，我看到你的眼角泪光闪烁。

和你并肩行走在雨里，看着你才几天就已"沧桑"了的脸，我的心很疼。

我说："要不，你跟老师说说，再回学校上课吧？"

"我不会再回学校的，因为那不是我喜欢的专业。我只想用我的歌声来和这个世界谈谈，就算一直不会谈出结果。"

"但是，生活不是幻想，很多时候，它残酷得叫人落泪。"我声情并茂，想"吸引"你再回学校课堂。

你说："你知道吗？每当在台上歌唱，我就忘掉了忧伤。"

二

我们的生活十分拮据，因为你家里不同意你退学，在得知你已经退学的时候，便再也不往你卡上打钱了。你在酒吧的收入不稳定，没有收入的日子，我们俩就靠着我每月几百元的生活费度日。

你说："咱俩要做精神贵族，过最简单的生活，与豪华物质绝缘。"

你每天不吃晚饭就去酒吧，你说酒吧里的客人很大方，会请你喝酒吃肉。我知道，你是为了省下一份餐钱给我补充营养。

这样的日子，我不觉得多苦，因为至少我们还相爱。相爱的人在一起，再贫瘠的日子，也是美好的。

四月，是你的生日，那天你喝了很多酒，走在空荡荡的街上，你一步三摇，嘴里却大声念着海子的诗："要有最朴素的生活，与最遥远的梦想，即使明日天寒地冻，路远马亡……"你说着说着，泪水溢满了眼眶，然后决堤。

第二天，你对我说你想去云南，我说你去那里怎么生活呢？你笑笑说："别忘了，我们是精神贵族。当我想你的时候，我会埋头写歌，有你在我

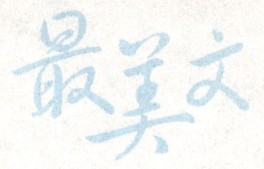

心里，我就是最富有的。"

你走的那天，天阴郁着，似我的心。我送你到车站，在你踏上站台的那一刻，我才知道分离是多么的痛苦与无奈。

你推开车窗大声喊："蓝月，我爱你！你是我最初和最后的爱，无人可替！"

三

收到你的来信，是在你离开后的一个月，你说你找到了一些志趣相投的朋友，他们有着和你一样的灵魂，想用音乐和这个世界交谈。你说和他们在一起，连忧伤都变得温暖。你说你们想出一张专辑，制作费是大家拼借而来的钱。

我落泪了，我为你感到高兴。

半月后，我收到了你寄给我的钱，不多，只有100多块钱，你说没想到专辑卖得如此惨淡；你说在这个繁华时代，没想到人们对精神产品的需求如此低廉，说起来真像个讽刺。

我仿佛看到你的背影，是那么落寞。

我安慰你说：钱不重要，关键是你要创作出属于自己的作品。

很久，没有你的消息，我的心不知怎的，变得心慌意乱。打你的电话，已欠费停机。

我终于忍受不住煎熬，买了车票，奔向你的方向。

左拐右拐，左问右问，终于找到了你信封上那个地址，我惊呆了，那是一座靠近郊区的别墅。

一个穿着时髦的女人挽着你的胳膊，你们谈笑风生，神情亲昵。

你看到我，一点也不惊讶，对那女人说："蓝月，我的大学同学。肖梅，我的太太。"

你说得那样风轻云淡，却似在我的心上用最残酷的刑具鞭挞。

在我转身离开的时候，你低低地说了声"对不起"，还有一句："忘了我。"

四

七月，国槐花开得银装素裹，好似飘雪般，给暑热的天气添了几分清凉。

浩一手为我撑着遮阳伞，一手拿着我爱吃的山楂雪糕，温柔体贴。

浩是我和你共同的朋友，那一天我从你那里回来，告诉了他我看到的一切，此后他便对我百般呵护，殷勤照顾。

浩说就将我们的婚期定在大学毕业典礼的第二天，我答应了。

无意间看到你写给浩的信，我窒息了。

原来，你的太太不是真的，连同那座别墅都是你向我演戏借来的道具。你得知自己得了癌病，便不想拖累我，也不想拖累亲朋好友，只身前往偏远的山区，用最后的时光，去圆孩子们的音乐之梦。

你说你不后悔爱我、爱音乐，你说谁也不要去找你，就让你清贫而又有骨气地离开吧。

我的泪决堤成汪洋的海，颗颗泪滴，出落成心底花的模样。那花儿将黯然失色的日子一一照亮。

我懂你的静默，也懂你的知足。

（原载《新青年》2014年第2期）

你懂我的静默和知足，却不懂没有你的日子，我该有多难熬。

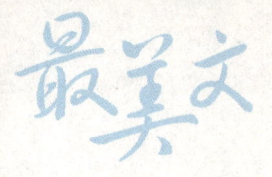

青梅且待竹马来

文 / 风絮

  曾经也有一个笑容出现在我的生命里，可是最后还是如雾般消散。而那个笑容，就成为我心中深深埋藏的一条湍急河流，无法泅渡；那河流的声音，就成为我每日每夜绝望的歌唱。

——郭敬明

  陌上花开成缓缓展开的画卷，你拉着我的手，沿着小路款款而行，山青，水绿，花草树木在我们的眉眼间肆意流淌着幸福。你突然单膝跪地，说："且等我，竹马一骑踏归程。"我浅笑："青梅且待竹马来。"心中，漾起饱满的甜蜜和欢喜。

一

  13岁，我到城里上初中，城市里到处车水马龙，没有乡村的那种宁静。我一双眼睛左看右看，琳琅满目的繁华让我目不暇接。终于找到学校，终于找到初一三班的教室，班里已有不少同学，我不敢和他们说话，找了一个角落的空位置坐下来。
  "请……问……这个……位子有人吗？"我抬头看你，你白皙的脸瞬间红了。我看着你，摇摇头，你红着脸坐了下来，再也没说一句话。

老班看同学们都自己找到了位子,说就这样吧,位子就不再另调了,我看见你的眼里,闪过一丝欣喜。

你不爱说话,老师叫你回答的时候,你总是磕磕巴巴的。几个调皮的男生学你结巴,你不辩解,只是红着脸,把头深深地埋进课本间。

你的作文写得极美,老师拿来当作范文读:"心灵的桃花源里,有鸟鸣的惬意,有夜雨的诗意,有陌上花铺开的花意。阳光用温柔的手随意涂抹,就是一幅绝妙的水墨丹青画,流年的风轻轻摇曳在季节的枝头,轻轻讲述着浅淡的故事……"

我问你:"你也是来自农村吗?"

"嗯。"你轻轻点点头,再也不说话,只是脸红得厉害。

那一天,你送我一包青梅干,说:"这是……是……我家里……种植的青梅……树……结的,我……妈妈……晒制的……青梅……很好……吃。"然后硬塞到我手里,跑开了。

晚上躲在被窝里,口含一颗青梅,咬下去,酸酸的,涩涩的,甜甜的,像广告里说的初恋的味道。"初恋,真的是这样一种味道吗?"想着想着,我偷偷地笑,任嘴里的青梅齿间留香。

13岁,是个多梦的年纪,你是那样安静,但你一说话就脸红害羞的样子让我心微微地颤动。仿佛一阵风,吹得我情窦初开的心海微澜轻起,涟漪皱皱。

当然,我努力不让你看不出来。

寒假那么快就来了。

二

凭栏看落雪,手握着几颗青梅干,心中有淡淡的心事。

上网,看到你的留言:家里的青梅树发芽了,等春天结了青梅,折几枝送你。

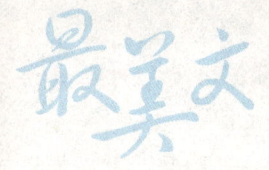

我回：别折，它会疼。

终于开学了。

放学时，你递给我一截干枯的青梅枝，上面有两颗干枯的青梅。我说："是标本么？"你使劲点点头，我说青梅可以不疼了。你笑了，我也笑了。

时光随风飞，明媚的夏日，你家里寄来一大包青梅，我和你坐在操场边吃着青梅，边看夕阳慢慢落下。

杯子里的白开水，透明无味，泡一颗青梅在里面，犹如浸润那份酸酸甜甜的心事。

初一结束就是初二，转眼就是初三。

各类测试让我们应接不暇，没有心思再想心事，那颗颗青梅也在纸袋里尘封。

那个有些清爽的夏日，我们在考场上奋力一搏，我知道你能考上重点高中，而我，对自己没有信心。

分数下来的那天，你在网上说你考了自己想要考的分数。我不敢说，我知道我们这次是要分开了。

你上了一中，我只考进了三中，两所学校分别在城市的东边和西边，隔着不算近的距离。

毕业宴过后，我独自一个人往家走，你跟了上来，不说话，只递给我一包青梅干。

我说我们多像一粒浮尘，只能随风聚散，而风，已把我们吹到了不同的方向。你望着我，说："暂别离，勿相忘。"

三

高中的学习比初中更加紧张，因为考上理想的大学，关乎我们的前程。

复习资料堆积着复习资料，白开水般的日子，却再也没有你的青梅泡。

同学发来短信息说有个暑假同学会让我去，我去了，你也去了。你长高了，嘴唇间隐隐透着胡须的痕迹，身材也高大了，像个男人了。唯一没变的是你一说话就脸红。

你说你想考北京大学，我说我不敢想，我肯定考不上。我惊异地发现，你的口吃好了。我问你是怎么改掉口吃的毛病的，你说是班里的一个女同学，利用业余时间帮你矫正的。

我的眼睛涩涩的，像被迷了一样，你问我怎么了？我说我想起了青梅的味道。

你没有说话，第一次拉起我的手，说："青梅一直在，那个标本不是还好好的吗？"

是啊，该来的总会来，就像一夜春风渡枝梢，自会有桃红柳新的满心欢喜。我的心里，充满了莫名其妙的忧伤。

我们相聚的机会很少，只是在每年的同学会。

你清俊的脸越来越棱角分明，有一种说不出的东西吸引着我的目光和心跳。

最后一年的同学会，你说你考上了北京大学，而我，考上的只是一个二级城市的普通大学。

分别的时刻，你再一次握住我的手说："妾发初覆额，折花门前剧；郎骑竹马来，绕床弄青梅。等我毕业，就去找你，一定等我。"

我点点头，看着你的背影渐行渐远。

四

风轻云净，远山含笑。

你说家里的青梅又熟了，这次不给我带，要我亲自去摘。

青山绿水间，一颗颗青梅挂满枝头，清芬四溢。如同我们的爱情，没

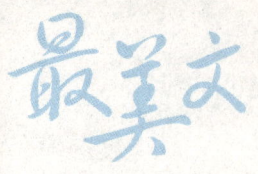

有轰轰烈烈，没有海誓山盟，只是顺其自然却一直走在彼此的心上，没有多辛苦，也没有多甜蜜。

我说："你知道吗？我 13 岁的时候就偷偷憧憬过和你结婚的场景，那是我第一次对一个异性有懵懵懂懂的爱慕。十多年过去了，我终于等到了你。"

你说 13 岁的爱情不是叛逆，我们只是过早地遇到了对的人，因为自持，我们才有了美好的今天。小时候妈妈常说：过早摘下的青梅，是酸涩的。

你说你还有一年毕业，到那时候就与我"一骑竹马归，陪你弄青梅。"

纯真和坚守，让我们的爱情超越了想象中的美好。纯洁的心是爱情之花最暖的温床，它用一路的微笑，陪伴我们"修成正果。"

（原载《新青年》2014 年第 7 期）

这世界上最动人的话语就是，我等你。我依然相信，越是单纯、干净的爱情，就越是持久和感人的。

外遇的代价

文 / 刘墨菲

> 如果我不爱你，我就不会思念你，我就不会妒忌你身边的异性，我也不会失去自信心和斗志，我更不会痛苦。如果我能够不爱你，那该多好。
>
> ——佚名

曹正森有一个幸福的家庭，妻子赵月兰贤惠，儿子曹小伦也听话，学习成绩又很好。按理说，曹正森应该感到满足，可是，他在外面却有一个叫胡燕燕的情人！对此，曹正森时常感到愧疚。虽然他很清楚，自己爱的是赵月兰，胡燕燕只是他生活中的一个点缀，可是，他又总是克制不住自己背着妻子去找胡燕燕。

这天傍晚，曹正森下班后，打了妻子的手机，撒谎说公司要加班，晚点再回去。挂掉电话，曹正森就钻进自己的小车，直奔胡燕燕的住处。

曹正森下车后，看到胡燕燕房子里的灯亮着，心想胡燕燕肯定是穿着一件性感的内衣，擦了诱人的香水在等着他了。

来到门前，曹正森拿出钥匙，准备开门时，意外地发现门锁被撬坏了，轻轻一推，门就慢慢地开了。曹正森预感到有什么不好的事发生，果然，一进屋，他就吓呆了。屋里乱糟糟的，就像有人在这里打斗过一样，地板上还有未干的血迹。他声音颤抖着，连叫了胡燕燕几声，可都没人

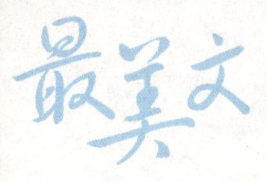

答应。

曹正森连忙依次打开卧室、卫生间的门，都没看到胡燕燕。衣柜里放着的一些贵重的首饰和钞票也都不见了。曹正森突然明白发生了什么事——肯定是小偷以为屋里没人，就撬门进来，可进来后却看到了胡燕燕，于是杀了她。

但胡燕燕的尸体呢？

海里，一定是扔到海里了。曹正森抓住门把手，想拉开门冲出去，却突然看到把手上挂着一条金色的手链。曹正森的脑袋"嗡"的一声，整个人就像突然遭到电击一样，身体摇晃了几下，几乎跌倒在地。这条手链他太熟悉了，这是结婚十周年时，他送给妻子赵月兰的。赵月兰的手链，怎么会在这里呢？难道是赵月兰发现了他和胡燕燕的事，杀了胡燕燕？

曹正森抓起手链，冲到屋外，来到海边。他想大声呼喊胡燕燕的名字，又怕被人听到，只能沿着海边细细察看。在沙滩上，他发现了胡燕燕的一只鞋和一个发夹。

曹正森不停地告诉自己要冷静，既然事情已经发生，一定要想办法应对。他反复地回想和猜测整个案件的过程：赵月兰悄悄地撬开胡燕燕的门，进去将她杀了，然后将尸体丢进了大海。可胡燕燕的那些首饰为什么会不见了呢？赵月兰不是一个贪财的人，这一点，曹正森非常确定，肯定是赵月兰想给警察造成"入室抢劫"的误解。因为赵月兰过于惊慌，以致把自己的手链卡在门把手上都没有察觉。

想到这些后，曹正森连忙重新跑进屋，用纸巾擦掉门把上自己刚才留下的指纹，然后将手链放进口袋，钻进小车，绝尘而去。

第二天下午，本地的晚报在社会版上，报道了一则新闻——强盗撬门闯入西郊海边一名叫胡燕燕的单身女子的住处，该女子现在下落未明，警方现在正在全力追查中。

日子一天天地过去，事情朝着曹正森努力的方向发展：警察始终没有找到杀害胡燕燕的凶手，赵月兰也整日笑容满面。只是有时曹正森会感到有些奇怪，难道赵月兰杀了胡燕燕之后，竟没有感到一丝内疚和害怕吗？

一个星期后，意外的事发生了，这天是曹小伦高考完的日子。傍晚，曹正森和赵月兰准备了一桌丰盛的晚餐，等待儿子凯旋归来。晚餐刚一做完，电话铃声骤然响起，曹正森拿起听筒一听，顿时惊得目瞪口呆。赵月兰疑惑地问发生了什么事，曹正森喃喃地说："儿子高考失败，自杀了！"

两人忙赶到医院，见到了脸色惨白的曹小伦。他手腕上缠着胶布，虚弱地躺在床上，旁边站着他的老师和同学。同学们告诉曹正森夫妇，今天下午在考场上，所有考生都在专心答题，突然"扑通"一声巨响，所有人扭头过去，看到曹小伦从桌上晕倒在地。考官连忙扶起曹小伦问怎么了，曹小伦摇摇头说自己没事，接着他说要上卫生间，考官就扶着他去了，然后在外面等他，可等了好久都不见曹小伦出来，考官进去后，赫然看到曹小伦已经割腕了！

医生告诉曹正森夫妇，曹小伦可能是高考前压力太大了才会这样。赵月兰抽泣地说："孩子，你怎么这么傻啊，今年考不上，明年可以再考啊。"

曹小伦什么也没有说，只是呆呆地看着天花板。曹小伦出院后，一连几天夜里都被噩梦惊醒，发出恐怖的尖叫声。看到儿子还没有从高考失败的阴影中走出来，曹正森夫妇心急如焚。

这天傍晚，在下班回来的路上，曹正森想这个周末应该带儿子去看看心理医生了，这时，手机响了起来。曹正森接来一听，顿时就像遭到当头一棒，因为这个电话竟然是胡燕燕打来的。胡燕燕没有死！

胡燕燕开口说道："曹正森，你该不会把我忘了吧？"曹正森被吓呆了："你……你不是已经死了吗？"胡燕燕冷笑道："你是不是巴不得我死呢？哼，直到现在我才发现你爱的不是我，不过没关系，我爱的也不是你，是你的钱。明天晚上，你带上20万来郊区的海边，我在那里等你。否则，我就把你妻子赵月兰意图谋杀我的事告诉警察。"

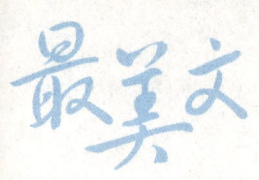

胡燕燕没有死,这是曹正森无论如何都没想到的,而且她居然还要来敲诈他。20万对曹正森来说并非难事,可是他害怕的是胡燕燕会无休止地敲诈,万一有一天满足不了她,她就会报警。到时赵月兰肯定是要坐牢的,刚刚恢复的美好家庭会再次被她毁掉。既然你不仁,就别怪我不义,曹正森咬着牙想着,他决定在明天晚上把胡燕燕杀了,再扔到海里去,反正所有人都以为她死了。

第二天下午,曹正森下了班,开着车向海边驶去。一路上,曹正森紧张得不行,但为了赵月兰,为了这个家,他决心一定要把胡燕燕杀了。就在这时,手机响了,是赵月兰打来的。

赵月兰在那边紧张地说道:"正森,快……快到医院来,儿子刚才又想自杀,幸亏被我及时看到。"曹正森连忙掉转车头直奔医院,快到医院时,手机又响了,这回是胡燕燕打来的:"曹正森,限你一个钟头内带上20万到海边,否则赵月兰就等着坐牢吧。"

曹正森左右为难,但儿子的安危紧紧地牵着他的心,他决定先去看儿子。到了医院,看着一脸惨白的曹小伦正呆呆地躺在病床上,曹正森心如刀割地说道:"儿子,想开点,明年再来!"曹小伦哆嗦着嘴唇,声音颤抖地说:"我自杀,并不是因为我高考失败,而是因为我……我杀了人。"

曹正森和赵月兰面面相觑,愣住了。赵月兰声音颤抖地说:"儿子啊,这话可不能乱说!"曹小伦看了一眼曹正森,说:"真的,我杀了人,我杀了那个名叫胡燕燕的女人。每天晚上我都能在梦里看到她,她说她不会放过我。我现在被她折磨得好难受啊!我考场晕倒,并不是考前压力大,而是被胡燕燕的鬼魂折磨得生不如死啊!"

"你……你杀了胡燕燕?你什么时候杀的?"曹正森怔住了,胡燕燕刚才明明还和他通过电话啊!

曹小伦点点头说:"其实我早就发现爸爸和她的事了,我好怕她会来破坏我们这个幸福的家,于是那天傍晚,我带了根棍子,蒙着脸,撬开了她的房门。当时她正听歌,根本没有注意到我进来,我一棍子朝她的头打下去。可我太紧张了,棍子只打在她的肩上,她就扑过来,和我纠缠在一起。说真的,开始我只是想好好地教训她,让她离开爸爸,可在和她打斗中,我太惊慌了,竟然把她打死了。当时我好害怕,待冷静下来后,我连忙用纸巾擦干净现场我留下的指纹,然后把她的尸体扔到了海里。最后,我还拿走了她衣柜里的首饰和一些钱,让警察以为是强盗干的……我以为一切都已经结束了,可没想到,在梦里我总会梦到她的鬼魂过来找我,她就这样缠着我。我每天都受到良心的谴责,爸、妈,我真的不是有心杀她的。"

赵月兰突然惊叫道:"那个蒙面人是你?"

曹正森和曹小伦愣愣地看着她,不明白她突然说出这句话是什么意思。

赵月兰搂住儿子,说:"儿子,你听我说,你没有杀死胡燕燕,她没有死,她现在还活着。"

曹小伦愣愣地看着母亲,不明白她在说什么,曹正森更是呆住了,赵月兰怎么会知道胡燕燕没有死?

赵月兰叹了一口气,继续说:"事到如今,这事再也瞒不下去了,其实你爸爸和胡燕燕的事我也早就知道了。那天傍晚,我也去找了胡燕燕,想跟她好好谈谈。可当我到了她那儿后,发现房锁被撬坏了,屋里乱糟糟的,地上还有未干的血迹,我以为是强盗闯进来杀了她。于是,我跑到海边去找胡燕燕的尸体,果然发现了她漂在海面上,我连忙跳进海把她救上了岸。她醒后问我是谁,我就告诉了她。她很感动,说为了报答我,她决定离开你爸爸。听到她这么说,我高兴极了。可我知道即使她离开了你爸爸,过不了多久,你爸爸也会再去找别的女人。当她告诉我,你爸爸待会就会过来时,我灵机一动,想了个办法,把我的手链故意卡在门把手上,然后把胡燕燕的一只鞋和一个发夹丢在海边。我答应给她一笔钱,让她离

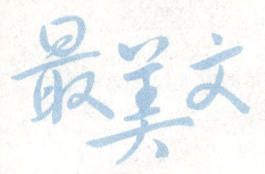

开这里，而让你爸爸以为是我杀了她……受到这次惊吓后，我相信你爸爸不会再去找别的女人了。可……可我实在没想到，胡燕燕说的那个蒙面人居然是你。"

"我没有杀人？真的吗？"曹小伦惊喜地叫道。

赵月兰点点头，说："儿子，放心吧，你真的没有杀人。"

顿时，曹正森明白了一切。不过他太了解胡燕燕了，为了钱她什么都敢做。虽然当时她被赵月兰救后大受感动，并声称要离开他，但现在她钱花完了，就想来敲诈他。现在一切都清楚了，这事也就好处理了。好险啊！他差点因此而成为杀人犯！

曹正森搂住妻儿，动容地说："老婆，儿子，请原谅我，因为我的私欲，差点毁了这个家，我发誓以后我会全心全意地爱你们的！"说完，曹正森掏出手机，拨打了110……

（原载《故事林》2014年第14期）

人总因喜欢苹果而放弃了手中拥有的桔子，可后来发觉原来苹果也不过如此，还不如桔子好吃。于是把责难都归加在苹果身上，后悔自己的选择。所以若是有可能，有些人或事情一定要用所能有的，竭尽全力地去维护。

那场旖旎之后的春暖花开

文 / 冬凝

> 真正的爱情是不能用言语表达的,行为才是忠心的最好说明。
>
> ——莎士比亚

一

那次归时正是初冬,下起淅沥沥的雨,湿湿冷冷,让人无法挣脱。

手机短信响了一下,小浅不理,只是顾自打开行囊,把青花抱枕取出,在腮边贴了贴,再将一床青花薄被展开,把自己裹了又裹。关了灯,抱紧抱枕入睡。梦里,小浅好似梦到柯杨躺在床的一侧,背对着自己,穿着整齐的衣物,在空调的暖意中蜷缩起身体。

那是 2011 年初冬,小浅莫名头晕,几天不曾好转,柯杨便把她带到自己住处,与小浅第一次睡在一个房间。他在被子外,她在被子里,隔着一人多的距离。

凌晨,柯杨呼吸均匀,小浅小心地把手臂环到他腰间,那是一个没有回应的残缺拥抱。

小浅低低地哭了,她知道,与柯杨,注定是一场残缺的感情。

那之前,小浅失去一场五年之久的盛大初恋。于是,流落在陌生城市

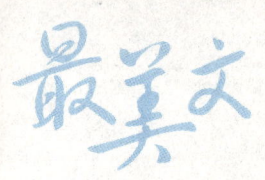

的小浅，只剩下了一颗千疮百孔的心。柯杨于人群中出现时，小浅冰封的心开始有了第一口呼吸。

手机信息提示音又一次婉转响起，小浅在睡眼惺忪中打开：回来了吧？明早等我。

是曲云琪。

只要回了家，曲云琪总是风雨无阻地报到，为她送来日常必需的用品和食物。

小浅低低地叹口气，随便回一个"嗯"字。

二

已经两年不曾见到柯杨了。

两年里，小浅辗转走了很多地方。朋友提到小浅都会说，那女孩子潇洒得很，几乎任何时候都可以毫无顾忌地背包赶赴她想去的地方，没有任何放不下。

只有曲云琪知道不是这样。他很确切地知道她多了一个奇怪的习惯，那就是无论走到哪里，一只青花抱枕与一床青花薄被，是小浅不离不弃的随身之物。

小浅不是不知道曲云琪喜欢她，不然，怎会在恶劣的天气赶去她家为她送一锅热热的红薯粥；怎会无论她走到哪里，都能收到他嘘寒问暖的短信；又怎会万般在意，她流露的每一个表情。那些心意，小浅不忍拒绝，却又不知该如何照单全收。

在小浅的时光里，曲云琪不离不弃追随了很多年，无论她如何忽略他，他都仍然坚守着自以为青梅竹马的情缘。

小浅曾经郑重其事地跟他说："只能做普通朋友，真的曲云琪，我们是不可能的。"

曲云琪点头，他早就知道小浅心里没有他。小浅去西藏，为他带回一个佛牌，对他说："我代你求的是好姻缘，希望会有个好女子来到你身边，跟你细水长流。"曲云琪想说话，小浅挡在前面："我累了，想眯一会儿。"

可曲云琪仍然我行我素奉献着他的爱，"爱你是我的事，与你无关。"曲云琪赴汤蹈火般，无论小浅怎样回应，他都幸福满怀。

看到曲云琪的快乐，小浅满脑子都是柯杨。小浅不知道自己怎么可以掩着失恋的伤痛之心，不可救药地爱上柯杨。

三

小浅注意到柯杨是在公司组织的一次远足活动上，与柯杨同级别的副总都携妻带子，唯有柯杨形只影单。同事们八卦，说柯杨妻子执意要他回家乡，柯杨不允，她便向柯杨提出离婚。柯杨舍不得妻女，还没来得及辞职，妻子便已经带着女儿以迅雷不及掩耳之势远走澳大利亚。

他们说，柯杨妻子离开，必是另有原因。

几乎每个人都知道这件事，都以先知的口吻公开或私下谈论着两个人的绝对不长久，而柯杨，只是无一例外地沉默。

那一刻小浅觉得，柯杨跟自己一样是个孤独无助的孩子，需要人去保护去照顾，需要有人关心他。所以小浅就像柯杨的私人秘书一样跑前跑后，督促他按时吃饭，陪他度过沉闷的夜晚，花半天的时间为他煲一锅汤。

或许是柯杨不忍心她的付出，在小浅头晕到站立不稳的那天，把她带回他的住处照顾。床上，青花抱枕与厚、薄两床青花被，便是柯杨所有的家当。夜寒，柯杨把厚被给小浅盖好，而自己则和衣裹着薄被，在空调的暖意中蜷缩起身体。

后来，那些岁月静好的冬夜，青花被与抱枕，见证了他们彼此的柔与暖。那些青花图案，婉约成一朵朵悄然结子的莲蓬，静静低头，温暖，笃定，芳香。

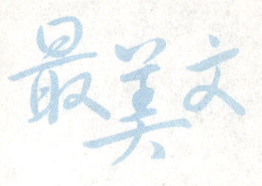

如果日子太过平静安好,便会流逝太快。

其实小浅怎么会不记得,柯杨是有家室的人。可她还是放纵着自己的贪婪,流连一日是一日。直到那天,柯杨告知小浅,自己准备回老家等妻子,两年时间,妻子签证到期,应该会回来的。他说:"有时候走了很远,忽然就会觉得累了,于是就想安定下来。我是,她亦然。找个疼你的人嫁了吧,小浅,你还小。"

小浅哭着说:"我只是想陪在你身边,一个月也好,一天也好,或者,一个小时也好。其实你从没问我,我到底是为了什么……"

小浅花很长时间整理好自己的物品,临走她回头,终于把柯杨薄的青花被与青花抱枕一并打包装起——她想要两件代替柯杨陪伴自己的东西。

在后来漂泊不定的行程里,它们成为小浅唯一的感情寄托。小浅带着它们,从南到北,从东到西,一个人漂了很久。她想知道柯杨说的到底是不是真的——走了很远,忽然就会觉得累了,就想心甘情愿安定下来。

小浅不知道,她离开的那个下午,柯杨一直呆坐,一言不发。

四

小浅醒来时,冬日温暖的阳光从窗帘未合拢的缝隙中挤进来,无论哪个角度,都有无限的静与美。曲云琪在门外静候多时,他仍然憨憨地笑:"小浅,你最喜欢的紫薯粥,还热乎,快喝吧。"

小浅笑,突然没来由地问一句:"曲云琪,如果有一天我累了想安定下来,你会娶我吗?"

曲云琪激动地有点结巴"当然,当然。"接着又黯然,"小浅,你,别捉弄我。"

的确,无论曲云琪的粥多么糯多么香,都从未牵绊过小浅的脚步。

一直到路过从前的城市,很意外的,听旧同事说,柯杨妻女归来,二宝已经出生。

小浅眼前，便出现一幅和乐美满的图景，她不由自主坐上去柯杨老家的火车。可在车上，小浅忽然就觉得累了。她想起这次临行前，她头晕，曲云琪要她留下，她却执意离开。

车站上，她发现自己羸弱地靠在曲云琪肩上，曲云琪发梢散发出的气味，突然让她有一种前所未有的安心。小浅想到此，心里一动，拿出手机，一字一字给曲云琪发短信：或者，这一次回了家，就不再出发了。

到站时，已经是夜。立于街头，寒冷凝重。

住下，青花薄被裹不住寒意，小浅一夜未眠。天将亮时，小浅改了主意。她把青花薄被打包，一笔一笔写一张干净的纸片：柯杨，谢谢你的被子陪我流浪这么久，我终于累了，想安定下来。抱枕，我留作纪念了。

其实小浅不知道，柯杨在接回妻女，在与妻女团聚，在二宝抱出产房，在经历所有家庭中的重要事件时，都无一例外的，会在脑海中快速闪过小浅那张青春稚嫩的脸。

五

小浅回到自己的城市。

走出站台她松了一口气，下意识地摸出手机。手机寂静，她突然想起，似乎很久，曲云琪都没有发来短信了。一直以来，曲云琪就像一粒微小的芥菜籽，从来不曾入得她的记忆，但这一刻，这粒微小的芥菜籽忽然随风旋进，扯起了小浅的思念。小浅突然觉得，他憨憨地笑，是她一生的珍贵。

下意识拨通曲云琪的电话号码，心里竟生出些许忐忑。电话响了很久才被接起，喧闹的声音通过听筒传过来。

"是我，回来了，你……在哪里？"小浅声音很轻。

"我在陪她逛商场呢，看看钻戒，交往三个多月了。"曲云琪的话贯穿成串，字字打到小浅心尖，一阵猛疼。

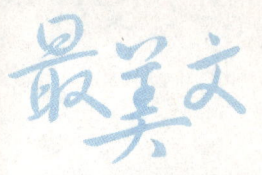

应该这样。能陪曲云琪的女子，应该是朴实诚恳、幸福如花与他细水长流的女子。

小浅说："曲云琪，办婚礼时，通知我。"

曲云琪说："好。"

听得出电话那头他仍然憨憨地笑，但，执着的初衷已经改变了方向。曲云琪的手机挂掉，嘟嘟的忙音里，小浅身子一抖，泪便落了下来。

小浅为自己放了一个假，她不再出门，终日郁郁在家，仿佛失去了灵魂。假期很长，一直到江南4月，寒冬早已在指尖流逝，春花将谢，夏叶也青葱。

毫无征兆的，小浅就收到一封信，来自柯杨的城市。凝神几分钟后开启，仅一页纸片，是柯杨的字迹。

"一直不知道你在哪里，其实就在我心底，陪伴我的呼吸。春暖花开了，小浅，旖旎忧伤的寒冬之后，会有安适灿烂的阳光盛开。"

小浅的眼泪砸落在那些字迹上，埋开大朵大朵的墨花。她站起身来，打开窗户，一抹煦暖的花香与阳光一道迎面扑来。

（原载《分忧》2014年第4期）

我们曾经那么不相信爱情了，曾经打算放弃了，然后爱情突然再次跑到了你的身边，你会不会觉得是春天跟你开了一个巨大的玩笑呢？

爱情哭了

文 / 冬凝

> 南宫成是桀骜不驯的火,在风里奄奄一息,当他保护自己的时候,终于连自己也失去了。
>
> ——张嘉佳

一

苏珊处理完与陈致远之间的各项事宜,在回老家的火车上,电话响起来。

是谭磊。

犹记当初,谭磊是学校的风云人物,高大俊朗,聪慧上进,频繁组织各项活动,成绩优异得令任课老师咋舌。

虽然家境不好,但谭磊从不羡慕有钱人,他用实力树立自信,身边那些出手阔绰的同学,也对他尊重有加。最引人注意的是,围着谭磊转的女孩子特别多,可是,那些女孩子,没有哪一个能拿下谭磊的心。

事实上,他的心,只被一个人占满,那个人,就是苏珊。

认识谭磊的时候,苏珊还是个额头刚冒出青春痘的少女,穿手衲的千层底布鞋,着布料很旧的碎花裙。因为在外婆家长大,她浑身上下都透着那种乡土的气息,要上高中,父母才接她到城里读书。就是那年九月,第

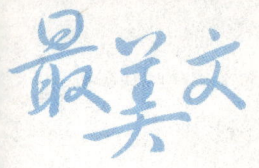

一天转学来的她,在学校教导处见到了谭磊。

从那天起,苏珊疯狂地热爱学习,熬夜看书做习题背公式,连吃饭,眼前的碗里都晃悠着单词,一张小脸儿也熬得下巴尖起来。

这般努力,不过是为了与谭磊的差距小一点。她以他为榜样不懈努力,一定要让自己跟他一样出众,才可以与他并驾齐驱。她未曾想过,自己所有的付出都是可有可无,其实,她早已得到谭磊的青睐。

谭磊牵起她的手,不是因为她努力变成了一个白天鹅一样耀眼的姑娘。从他认识她那天起,只要她的目光落在他的脸上,他必定回她一个灿若阳光的微笑。

后来,谭磊喜欢捏着苏珊翘起的小鼻子,宠溺地说:"年少时最爱你灵眸流盼,现在忘不掉你眼底掩藏的万千爱怨。你看你的眼睛,清新得就像清晨摇曳在叶子上的露珠。"

想到这里,苏珊才回神按下接听键。

谭磊的声音有些沙哑:"苏珊,筹到一些钱,不多,先给你。我还在想办法。"

苏珊心口忍不住地悸疼,久没有答话,然后,挂掉。

二

苏珊决定随陈致伟远走时,离她与谭磊定下的婚期还有三个月。

到那时,与谭磊相识,已经九年的时光。彼时,两个人用尽心思,像蚂蚁搬家一样一件一件置办起来的爱巢也变得无足轻重,没有什么能唤回苏珊的心。

陈致伟出现在他们生活中已多时,这个男人年岁稍大,相貌平常,个头不高。可是,他一块不起眼的腕表,也够刚刚创业的谭磊辛苦一两年;身上一件西服,能换了苏珊与谭磊两人加起来的行头。身边泊着的白色宝马,恰是苏珊喜欢的一款——苏珊想起,直到如今,自己父亲依然骑着破旧的自行车；想起凑齐房款时，谭磊母亲那张为难的脸。

爱情算什么？都是一辈子，日子最重要。

苏珊自小家境寻常，近年因母亲患病愈显窘迫，所以，对生活的愿望越发现实。爱情既然不能当饭吃，即使不能大富大贵，苏珊亦希望小富即安。

而谭磊，虽是现时的绩优股，却，江湖险恶，毕竟还有很长一段路要走。但透过陈致伟，则幸福触手可及，那么真实那么诱人，何不拥进怀里？

只差一点爱情。可苏珊一直以为，爱情这东西，只要你情我愿，慢慢就会有了。

她没有跟谭磊解释什么，心底里，苏珊羞于自己傍了大款，却去意已决。谭磊知她性情，知道没有挽回之由，只是沉默，浅浅地拥抱，在她耳后梦呓般地呢喃："苏珊，你好，我心就安；不好，也不怕，要记得，这里，有我。"

苏珊的心，温暖了一下，又黯然了一下。仍是潇洒转身，从谭磊的生活里消失得无影无踪。

三

最初也有段简单的好时光。苏珊给陈致伟做好吃的，熨烫他的每一件衣物，细致入微地照顾陈致伟的起居。她恨不得榨干了自己来对他，因为她总是诚惶诚恐，有些心虚，觉得自己需在日后漫长的日子里依附他。

其实那时，表面看起来一切都是自然的，郎才女貌，男欢女爱……却，这样的日子也很快很容易地平淡下来，也许，是因为各自拿不出内心的真爱。陈致伟回家的时间越来越晚，似乎有着永远加不完的班，见不完的客户，签不完的合同。

陈致伟无端挑剔，他们开始了一场又一场的争执，从争吵到冷战，

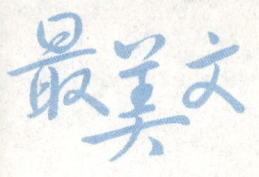

原来两个人从熟悉到陌生的距离，竟然这样短。苏珊积郁成疾，查体时，意外得知，她竟患了一种少见的妇科疾病，如不医治，生育的几率几乎是零。

陈致伟拿着医院的诊断书，闭口不言治疗事宜，一张脸阴沉到铁一样的颜色。

自此，陈致伟经常夜不归宿，衣服上带着不同的脂粉香，也难得在家吃一顿饭。那天，她沏一杯清茶递过去，他一甩手，推开了她。那种冰冷与不屑，让苏珊蚀骨地疼痛。苏珊明白，陈致伟，已经离自己很远了。

是的，陈致伟摆出了放弃的姿态。

四

心不在焉地在街上游荡，直直地撞上迎面而来的电动车。伤势不算重，脚踝却也乌青着肿起来。好心的司机连连道歉，把她送到医院。

陈致伟连电话都不肯打一个，苏珊的心缺着口，凄凄地晾晒在那里。

是躺在病床疗伤的时候想起谭磊的。她记起谭磊对她深入肌理的好，想起他对她的温存爱意，想起最后分别时谭磊的话。苏珊眼睛一热，瞬间模糊起来，那些爱的暖，真的久违了。

苏珊的心，喧哗着，竟活泼泼地动起来。

打电话的时候，是一个中午，她想要对谭磊说很多话，她想到电话那面谭磊会有的惊讶和心疼。她甚至做好了让时光逆转，回到谭磊身边的准备。可是，当谭磊温暖的声音传来时，苏珊突然间泣不成声，起初准备好的一句你好，已经说不出来。

谭磊安静地听着，在电话里问一句："是苏珊吗？"

苏珊心里，一塌糊涂地沉陷，他知道是她。她哽咽了好久，觉得自己软弱到极致，再也撑不了一时半刻，就似流浪久了，找到家一样的瞬间虚脱。她极自然的，如从前一样娇嗔和委屈："我想你了，想，我们的家。"

"家？"苏珊明明白白地感觉到，谭磊愣怔了一下。

电话里，传来婴儿的咿呀声，苏珊心一紧，本能地问："谁家小孩儿？"

谭磊沉默了一会儿，答非所问："你走后，我辞了职，现在在北京。"

一种寒意自内心深处透出来，苏珊"哇"一声哭出来。"谭磊你骗我，你说过要我记得你的。你怎么能这样？短短三年你都不肯等我，你怎么能这么快娶妻生子？谭磊你说过我好你心才安的。"

苏珊嘎地一下止住哭声，她突然明白，如果不是陈致伟，应该说如果不是她心猿意马，他们现在还会是幸福的一对儿。可是世间没有那么多如果，是她先执意放手，是她咎由自取，她已经永远失去了谭磊。

"对不起，我，我以为，你还没有……对不起，我，我……" 惶惑间，她不知道再说什么用来收场。

谭磊急切追问："苏珊，为什么？陈致伟，他？"

苏珊慌乱地掩饰："我很好，他，生意……"

"需要钱吗？别着急，苏珊，"谭磊说："你等我电话。"

的确，谭磊并没有像苏珊想象的那样，一直站在原地等她。

那年苏珊转身，在她气息犹存的地方，谭磊不知道自己应该怎样走下去。对于谭磊，苏珊是他心间刻骨铭心的痛。一段时间后，他离开了那里，在北京，一个陌生的地方开始创业，很快，与一个善良的女孩成了家。

五

火车路过陌生的站台，苏珊看见一个男孩，亲热地拥着他的小女友。多像当年刚刚相爱的他们啊！她在车窗里面看着他们甜蜜恩爱的模样，心被狠狠地撞了一下。

电话再响，是谭磊的电话号码，说话的，却是一个温软的女人。

"小妹，从前谭磊跟我说过你，我知道你的。这钱，是我们的一点积

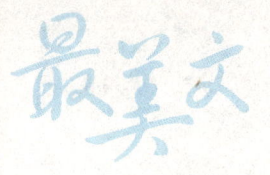

蓄，先给你救急。谭磊公司刚刚运转，用房子贷款，还要几天才有结果，把你的账号给我……"

苏珊一下子哽咽。"姐姐，已经，有了，转机，你们的情谊，我，谢了。"她再也说不出什么，说什么都显得单薄且浅薄。此刻，隔着女人的一番心意，苏珊看到的，是谭磊亮晶晶的眼神。那眼神里，几分情谊，几分怜惜，几分爱意……几分彼几分此，都让苏珊这一生想起来就疼痛不已。

纵然疼痛，苏珊亦回不了头了。只因，被他爱，已然错过，而被他忘记，她亦不配了。爱情已凋零，再无花期。

苏珊哭了。

爱情哭了。

（原载《语文报》2014 年第 24 期）

其实，不管是谁放弃谁，都是有道理的。那些被爱情划过的伤，总要通过时间和距离才会愈合。

这场爱情比PORTS还温暖

文 / 邹华卫

在爱情里，坚贞是假相，誓言是应景，生活是改变，统统在永远之前就有了结局。

——张嘉佳

暗恋与PORTS

李筱音喜欢高俊，喜欢很久了。

高俊是李筱音的同事，有高而挺直的鼻梁，沉静睿智的眼神，并且，他还是李筱音最着迷的那种，能把白衬衣穿得极干净的男生。

每天上班等电梯，李筱音都是一边搓手取暖，一边张望着。通常，高俊会比她晚到一点。当高俊慢慢走过来时，李筱音会跟他打一个招呼，彼此心有灵犀地一笑。其实他们早就认识，但之间的关系，却始终停留在淡淡一笑的位置。

李筱音说不清自己是怎样沉陷到这场暗恋里的，她不敢说出来，更不敢付诸行动去追求。原因嘛，是因为李筱音觉得自己不够漂亮，她自认为是扔到人堆就会消失的那种女孩，怎么有资格有胆量去追一个男生呢，况且，还是一位优秀的男生。

不过，李筱音没有办法说服自己放弃，也只能兀自喜欢下去。她觉得

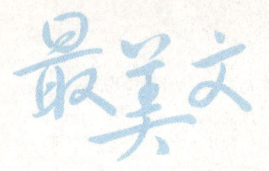

自己挺矫情挺小资，着迷的男生跟喜欢的PORTS羽绒服，都是同样的可望而不可及。

威海的冬天很冷很潮，瘦瘦的李筱音怎么穿都觉得冷，晚上睡觉，铺着电热毯再搂着热宝，才会有一点不会冻死的安全感。李筱音羡慕同事身上厚厚的PORTS羽绒服，那么漂亮的衣服，就连看上去，都有月光般的轻柔和温暖，真让人心动。

其实她也早就看上PORTS家一款中长的双面穿羽绒服，可调节的领子，松紧腰身，小小的抹圆衣角，每一个细节都堪称完美。颜色也让人中意，一面宝蓝，高雅清丽；一面深灰，低调干练。

她去专柜试过，穿上去，又轻又暖，连心情都不一样了。可是价钱也让人咋舌呀，李筱音在导购小姐期盼的目光下，微微笑着把衣服脱下来，那样子颇有大将风范，好像是随便看看，随时会买。没钱是没钱，但她绝不露怯。

李筱音也看过淘宝的高仿款，不过三四百块钱的样子。可是李筱音一个月的生活费只有一千多块，她想，宁缺毋滥是一种态度，才不要义乌生产出来的盗版货。

而对待高俊，李筱音的态度也是一样，宁缺毋滥，就这么暗自爱着吧，说不定哪天机会来了，那就对他表白。她甚至一万次设想自己的表白方式：给高俊发一条短信，只有五个字：说你爱我吧。如果高俊懂得最好，如果他不能领会，那么就接着发下一条：陈淑桦的这首歌你听过吗？

李筱音泪点低，为自己的聪明感动到想哭。她想，如果高俊不能领会，与她失之交臂，那才是他真正的损失。

冷到想哭的节奏

威海的冬天冷是冷，可即便没有PORTS的温暖，挺一挺也过得去。春天来的时候，李筱音发现，自己喜欢的那件PORTS还落寞地挂在专柜里。

当然，李筱音没有太多时间思考它，单位的事情又忙又乱，真叫一个烦。

初秋，李筱音得到一个去泰安考察学习的机会，一行六人，高俊带队。李筱音暗自欢喜，她多么希望会有一个机会，能和高俊的关系有一个质的飞跃。可是很遗憾，如此近距离的接触，只给李筱音一种直觉，高俊已经有了喜欢的人，那个人，不是她。

学习结束，已买了第二天上午的回程车票，同事们犹豫，要不要爬泰山。这个想法最终被否决掉，已经黄昏了，登顶要下半夜，还是放弃吧。

李筱音没言语，她心里堵得难受，生性又不是悲悲戚戚的女子，想来想去，决定上山。她要用一次强体力的活动来埋葬伤心。

趁大家不注意，李筱音跑了出去。也不听山脚店铺里店主的好心劝说，执意在黄昏中，沿着红门开始向上走。

大概半个小时后，看到两旁的山谷和树木瞬间沉寂在黑暗中时，李筱音变得恐慌起来。夜风袭来，李筱音因为寒冷而微微颤抖，她站在那里，进退维谷，忽然，一束灯光在身后闪过，随之是清晰的脚步和一个熟悉而急切的声音："筱音吗？"

如落水遇见浮木。

是高俊！李筱音激动得说不出话来，高俊嗔怪李筱音擅自行动，李筱音便把溢出的泪水一点一点逼退。高俊是领队，自己，就不要多情了。

可高俊还是陪她上了山。

山风逼人，李筱音没话找话："你穿衣服会在乎品牌吗？"

"品质如果高百分之十，价格就高百分之五十，我总以为品牌的性价比比较低啊。"高俊是学经济的，回答得很专业。

"可是，我还是喜欢品牌的东西，比如，PORTS有一款羽绒服。我冬天看上的，没舍得买，到山顶估计会很冷，用得上羽绒服。"

高俊笑了，"肯定冷，可以租大衣。你们女生，就喜欢为施华洛的假水

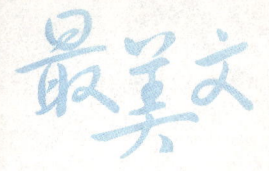

晶买单。我有个朋友,买了件 PORTS 的夏衣,花了两千多,一点也不好看,穿一次就不穿了,送人都没人要!"

李筱音抿了抿唇,这个朋友,该是他喜欢的女孩吧。她低低地咕哝:"送我我肯定要,她穿多大码?不要,就送我好了。"李筱音想,爱情和衣服一样吧,有的人不喜欢,有的人执着地喜欢。如果有一天,高俊被丢掉了,她一定会不顾一切地捡回来,当作至宝。

途中,高俊很自然地照顾李筱音,陡峭的十八盘,高俊牵住了李筱音的手。高俊的掌心很暖,李筱音感觉得到他手指骨骼的清晰,她很享受,多么想可以一直这样牵手走下去。之后,李筱音便开始体力不支,累得说不出话,几乎要全部依靠高俊的力量。

高俊笑,"就这点体力?说说,是什么力量蛊惑你一个人夜闯泰山?"

李筱音不语,她想哭,却用力忍着,只是一块接一块接过高俊递过来的巧克力。

到达顶峰的时候已经凌晨三点,高海拔的山峰寒冷逼仄,高俊租来两件大衣。可是里面的衣服被汗浸透,裹着大衣也还是寒冷,李筱音没来由地想起专卖店那件 PORTS 羽绒服。再看看身边貌似有女友的高俊,又失落又伤心,终于泪如雨下。

高俊莫名其妙又手足无措,"怎么了,怎么了?"

李筱音哭得抽泣起来,"太冷了,我在想那件,PORTS 的羽绒服。"

高俊叹了口气,伸出手臂,把李筱音裹在了自己怀里。

比 PORTS 更靠谱

李筱音把高俊的怀抱解释为无关爱情,只关温暖,所以他们的关系仍旧回到从前的样子。

元旦时京东家搞活动,李筱音囤购生活用品,快递收到手软。接到电话,她仍然习惯性地说,快递帮我放到收发室吧。对面的人沉默了一会儿，说："我是高俊啊。"

高俊问李筱音："你要什么生日礼物？"

李筱音惊讶，"你怎么知道我的生日？"

"那次学习，你资料上填着啊。一月十八日。"

李筱音的生日不是一月十八日，那是身份证上的日子，她习惯过农历生日，农历的十二月初二，已经过去很多天了。可是，可是，李筱音小私心地想，如果说出真相，恐怕，他就不会送自己礼物了吧。

李筱音说："青岛路那边有个精品店，你陪我去看看？"

其实，李筱音真正想要的，是让高俊陪自己在青岛路上走一段啊。李筱音不止一次地从那条路上走过，高大繁茂的银杏树婆娑着，阳光透过叶子，落下无数圆圆的闪亮的光斑。跳跃着，灵动着，让人禁不住心生欢喜。李筱音总会憧憬，这条路，多么适合和一个人牵手一起走啊，希望有一天，会与高俊一起，到这里走一程。

刚刚来了寒流，空气冷而清，俨然是冬天的味道。银杏树上已经光秃秃的，透过灰白色的枝枝丫丫，天蓝得不像样子。

李筱音跟高俊一起默默地走，她有一种奇怪的感觉，觉得即使一句话也不说，高俊也知道她心里在想着什么。李筱音的脸红了起来，她希望他知道，又怕他知道，她想跟他说点什么，又不知道该说什么。

看着眼前的路越来越短，李筱音暗暗下定决心，等走到尽头，就握住高俊的手。不说什么，也不做什么，只是让他感受一下她手心的温度。之后不论怎样，至少这一秒，她拥有了高俊。

但是，李筱音终于没有。她不敢。她怕惊扰到他，之后连这一刻的欢喜都不会再拥有。她怕他投以惊诧的眼神，怕他对她残酷地证实：对不起，我已经有了女朋友。李筱音不知不觉放慢脚步，终于在看到尽头时，绝望到轻轻哽咽。

"怎么，又冷了？还是，想那件 PORTS 羽绒服？"

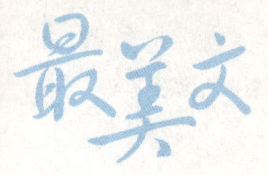

　　高俊微笑着，伸手环住她，紧紧把她环进怀里，柔声说："筱音，让我温暖你吧，我会比 PORTS 羽绒服更靠谱。还有，有句话，我在心里温习好久了，上次错过了，今天，我可务必要说出来。"高俊顿了顿，拥着她的双臂更加有力，"筱音，说你爱我好不好？"

　　那一瞬，世界仿佛都为李筱音停了下来，空气温柔得像在夕阳里舒展开的泡面。

　　回时，恰遇快递小哥送来一个她未曾下单的包裹，打开，是那件喜欢的 PORTS 羽绒服。天气应景地下起雪，不大，却白茫茫地冷着。

　　高俊含笑帮雀跃的李筱音穿上，把她包裹得严严实实。可李筱音的感觉既明朗又清晰，给她温暖和安全感的，哪里是 PORTS，那分明是高俊眼里盈盈满满的爱意啊。

（原载《语文周报》2014 年第 36 期）

　　美丽的爱情让人向往，那些男生温暖的笑脸和微小的爱的举动，都可以让自己幸福半天。有爱情相伴的人，真好！

油腻男与素心女的幸福软着陆

文 / 邹华卫

　　能够让人从癫狂中沉静，从暴戾中平和的力量，就是所谓的爱情吧。

　　　　　　　　　　　——独木舟

素心女的安全距离

　　在曾平之前，有相处半年的男人企图拥抱我，得到我毫不思索的一耳光，就因为觉得恶心。或许是我有点变态，可只要想到那些泥巴做的男人与我有一点亲密举动，我心里就有无比的抵触。

　　勉强可以接受曾平，曾平穿白净的衬衣，是英俊清爽的白领男。唯一的缺陷，是他离我所在的城市有两个小时的车程，将来结婚，照顾我多病的父母恐怕很不方便。但他有房有车，相比之下，我算比较满意。

　　不过对曾平最满意的还是他与我相处的方式，不粘不稠，若即若离，相处八个月也只是牵牵手，正是我所适应的距离。

　　闺蜜告诫我："啥？两次见面还是你去找他？这人绝对不靠谱儿。"

　　我微微一笑不做深究，曾平每天与我有十分钟电话交流，我要上班要学习要休息，我能分给他的时间，也绝不多于十分钟。

　　没别的，我是素心女，他为寡淡男，如此，正合我的心意。

　　在谢大远出现之前，我已经默认与曾平的感情了。

油腻男来袭

谢大远是闺蜜的同学。

闺蜜约我参加户外活动,不曾说要露宿。夜幕降临,我身无着落之时,谢大远取出帐篷以及我需要的所有装备隆重救急,闺蜜当着谢大远的面儿霸道地做我的主:"小莫你花点时间塑造一下谢大远。"

于是,谢大远看我的时候,那张大胖脸上的笑意就一次比一次深。

可这厮,身高体壮,敦实厚重,脸上茂盛地生长着光闪闪的痘痘,让人一看便生出油腻腻的感觉。

闺蜜提出混账,意即:男女混住一个帐篷,被我否决。在我的坚持之下,我与闺蜜同宿,谢大远与一干男生也在海滩安营扎寨。

我梦见夏威夷海滩,穿比基尼的我躺在橡皮筏上随波逐浪,突然有个男人的声音在我耳边极尽温柔,是谢大远。

我"啊"一声尖叫醒来,竟然真的看见谢大远那张胖脸。惊恐万分,刚欲再喊,却见谢大远站在及踝的海水中,一边拉着湿漉漉的我,一边手忙脚乱地收拾东西。原来我们低估了涨潮的威力,营地没选好。

谢大远哈哈大笑像个恶作剧得逞的小孩,看我的眼神又满含了爱护与关切,那样子让我心无顾忌地生起对他的柔软,觉得他一声召唤,我就会为他长出飞翔的翅膀。

这是与诸多男人相处从未有过的感觉,包括曾平。

大家拾掇好狼藉,疲惫之下,谢大远胖大的身体"通"一下拍倒在海滩上。沙子被砸得飞溅,我仿佛看到他笨重的身体压在弹簧床上,床上下颤动,仿佛电影里香艳的场景。

崩溃,他就是我无法接受的那种烂泥巴做的油腻男。

只是缺少真爱

可谢大远从那晚开始,便一本正经地以恋人的身份出现在我生活中。

他隔三岔五便傻笑着把他油腻腻的一堆儿送来,不光送来他自己,还送来粘乎乎的情话儿,精巧的小礼品,送来活色生香的零食与菜肴。

谢大远与曾平的不同在于,他们各居南北,与我的直线距离相差无几,但曾平因为远,相识八个月未曾造访我;而在谢大远眼里,我们之间没有距离。并且,他不来的日子,稍有闲暇便Q上问候,油嘴滑舌,腻腻歪歪。

我发过去一个疲累的图片言说我的状态,谢大远当即回一个哭脸表示同情,我硬邦邦地告诫他:"男人心软不是好事。"谢大远迅速回:"再坚硬的男人,都会为喜欢的女人在心里留一块儿柔软的地方。"

我无语。

与曾平说话必须说白,否则他不懂。而与谢大远不必,他能精准地理解我话里的意思。心有灵犀的感觉,让我喜欢。

谢大远是个搞笑天才,我以为无法接受他的聒噪,却还是在他惟妙惟肖的耍宝之下笑得花枝乱颤。每当这时我都会想,我还是原来那个素心传统女吗?不过,谢大远能把不苟言笑的我逗得笑成这样,也算本事了。

海边一见之后才一个月,谢大远便无视我的警告拥抱了我。陷在他粗大的胳膊肉乎乎的肩膀厚实的胸膛之中,明明感觉油腻到遗憾,却没有拒绝也没有给他耳光。只是,与曾平尚未结束的感情适时浮出,让我自我检讨了一小下。

原来我并不是变态,只是缺少真爱。

油腻男落败

还是与谢大远分手了。

因为谢大远只是个普通商人,房是经适房,车是二手车,开个不咸不淡的劳保用品店。父母在乡下,没有退休工资,没有医疗保障,种地喂猪讨生活。

而曾平,父亲是税务局前任科长,母亲是医院前妇科主任,最不济的

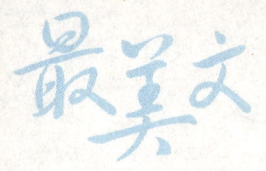

他，也在一国企财务部。家里有房有车，小富即安，长相有型有款，干净利落。与曾平相比，谢大远黯淡无光。

说实在的，如果不是曾平亮闪闪的附加条件以及他干净清爽的外形，我或者会屈从于谢大远的油腻。我可以对自己说，我要找个放我在心上的对象而不能以貌取人。可是权衡之下我无法释然，除了外表我无法接受，且结婚以后，众姐妹一起八婆的时候，又让我如何开口？

别说我物质，谁又不物质？不过有隐约含蓄的，有磊落光明的。小女子我无帮无靠且父母多病，还是要努力抓住一个增加自己幸福筹码的机会。

与谢大远说分手，我问他："你还会想我吗？"

他表情凝重："你吃素菜喝矿泉水，牛奶都不肯沾边，唉，太单薄又太单纯。所以，我担心你也会祝福你。"

这话令我心碎。

爱情两个字在我心底挣扎，但我还是用油腻做借口，拼尽全身力气，把它按下去。

让人纠结的距离

又回到与曾平每日十分钟的电话爱情。

曾平去日本旅游，快递发来带给我的礼物。满怀惊喜地打开，竟是两盒饼干。曾平说："我周围的美女人人有份，每人两盒。"

我能感觉到我脸上的笑，像失彩的油画，一点点被擦了去。

我说曾平咱聚聚吧，曾平仍然说："等我忙完就过去。"

他都忙了八个月了，从来也没忙完，相比起来，我永远是闲人。好吧，我去。

那天天气并不晴朗，我的心也很忧郁，说了几句话，曾平的回答都不是我想要的。他说的我又不感兴趣，便不再搭腔。

两个人在一起，应该有唱有和，如果只一个人在表演，另一个人又不心动，是不是挺没意思？

我们沉默着走了很长的路。曾平仍如从前，连勾我的手指都不曾增加一点力度。后来我问他在想什么，曾平说："是不是考虑见一下双方父母？"

我突然害怕，如果两个人几十年就这样沉默度过，那我婚姻里的光阴该有多么难捱。

曾平说："我们离得远，了解少，可是你放心，房子和车，可以加上你的名字。我辛苦打拼，挣来钱都给你。"

我被侮辱一样连连摇头。我用婚姻换房子换车？我想要的是感觉，就是曾平你把我放在心上的那种感觉啊！

侧身看他，干净清爽，挺拔俊美，真的是我喜欢的型男。可我的心还是渐渐缩成一只失水的核桃，无比纠结，曾平的外在条件与谢大远的心有灵犀，我究竟要哪一个？

回家，我趴在沙发上号啕大哭。如果曾平心里有我，为什么我感觉不到，可如果他不在乎我，我为什么要和他约会想与他结婚呢？

素心女的爱情标准

我爸颌下长了一个囊肿，疑似先前的恶疾转移。我哭着在Q里写说说：又一场生死较量。

给曾平打电话，我啜泣着说明事情的严重性，明日手术，术后做病理，希望是虚惊一场，如果，如果……

我说不下去了，曾平沉默半晌，安慰我："小莫别哭，我二十四小时开机，如果你需要，我就赶过去。"

装好手机，便发现睡在医院门诊大厅的谢大远。他疲惫地蜷在蓝色的椅子上，那么一大砣横肉，占去两个人的空间。

把他弄醒，他满眼惺忪："啥时手术？"

我心里突然有了支撑，问他："你啥时候来的？来干啥？"

"来陪你，连夜启程。"谢大远很干脆。

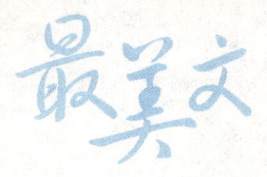

我又感动又诧异："怎么知道我在这儿？"

"你以前说过你爸的病，生死较量嘛，肯定出大事了。"谢大远的胖脸严肃而认真。

这当口，爱情两个字，迫不及待地逃脱束缚从我心底跳了出来，我想哭。

毫无留恋地与曾平说分手，心也由此变得轻盈，我听见我的爱情在抗拒地呼喊：去他的条件！

半个月后，我爸出院，有惊无险。谢大远开着他的二手车，把我爸接回了家。

那天晚上，谢大远很认真地吻我，我惊讶自己一向传统一贯素心，竟然投入接受了与这油腻男的近距离接触所带来的甜蜜。聪明如我其实早就参透，对爱情的肢体表达真的没有什么标准，只是听从内心的声音而已。

（原载《考试报》2013年第31期）

有时候出卖自己的不光是眼睛，还有爱的回应。难道不是吗？当一个人进入你生命中的时候，你会第一时间感觉到，然后你就默许了这种关系。

被狼外婆声音剐过的青春

文 / 雨街

> 后来我知道了,没有自我的人,走到哪里都找不到自我。而孤独的人,无论在谁身旁,都还是一样孤独。
>
> ——独木舟

一

十六岁那年,学校出台了一项很不人道的规定:论成绩分班,一班最好,二班次之,三班更差,以此类推。全年级一共八个班,我在八班,可以想象我是什么样的成绩。

我喜欢在课间的时候溜到一班门口,探进头去,看那些品学兼优、利用十分钟课间苦背英语单词或者文言诗词的人。那一群人里,有向阳光。

我和向阳光曾经同班,我坐在他的后排,一遍遍地问他牛顿到底是人还是力学单位,他从来不嫌弃我的麻烦或者无知,一点一点给我解释这些无聊的问题。

可是分班了。

我眼睁睁地看着向阳光消失在视野里,在心里,一千次,一万次地呼唤他的名字,却看不到他回头一次。

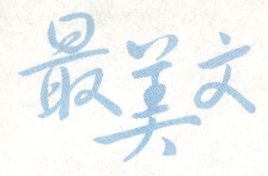

二

我拿着一大包花花绿绿的"好多鱼",走进一班教室,大声喊着向阳光的名字,把"好多鱼"硬塞给他。他推辞着不要,就有一双手抢过了那包好吃的零食。我看到一个胖胖的女人,烫着狮子一样的卷发,也不打理,干巴巴地做出怒发冲冠的样子。

这个女人,是一班班主任,传说中的"狼外婆",对待学生刚柔并济内外兼修。多调皮的学生,在她手下也是残兵败将,所以她的大名令学生闻风丧胆,令学校领导拍手称赞。

"林若蕾,一班是你来的地方吗?最差的八班里,最差的学生,总来一班干什么?"她刻薄无比地指着我年轻的脸。

血往头上撞,我昂起头:"我为什么不能来一班?一班又不是你们家!"

"一班就是我的家,你这样的学生,劣行全校闻名。你来一班,会一粒老鼠屎坏了满锅粥。"我的反抗,激起她更大的愤怒,于是她开始攻击我的行为,否定我的人品。

全班哑然,向阳光更是没有了一点阳光。

我站在那里,脚想离开,大脑却命令它必须站稳:在向阳光面前,我必须要挽回一点尊严。我固执地对视着狼外婆:"人人平等,哪条校规写着八班的学生会脏了一班的地?你这是人格歧视,我要到教育局投诉你。"

"向阳光,她是来找你的,你负责把她清除出去,如果她再来,你和她一起消失。"狼外婆被我气得发飙,却也没有办法,于是,她选择了向阳光这个软柿子。

三

"向阳光,我不是老鼠屎,这样没素质的老师,不要跟她了。"我充满信心地看着向阳光,年轻的心里极度企盼,自己就是那个令向阳光冲冠一怒为红颜的红颜。

狼外婆用手指点着我，哆哆嗦嗦地说："向阳光，如果你不把你招来的害群之马赶出去，你立刻离开。"

我瞪着明亮的大眼睛，看着向阳光：向阳光，向阳光，你英勇一点，和我一起离开，我发誓我会一辈子为你当牛做马为奴为婢。我几乎要双手合十虔诚祈祷了。

可是，向阳光，咽了几口唾沫，喉结颤动了几下，小声而清晰地说："林若蕾，请你不要在一班捣乱了，以后再也不要来找我了。"

我被冰冻在一班庄严漂亮的大教室里。

"同学们检查一下自己的物品，看看有没有丢失的，以后不允许结交乱七八糟的朋友。"狼外婆在我还没走出一班教室时，这样说。

我站在一班的教室门口，有大片的阳光照着我，却照出了一地悲凉的阴影。林若蕾，不就是打过一次架，交过两次白卷，抽过三支烟，喝过四瓶啤酒吗？为什么，会成为老鼠屎害群马小毛贼这样的众矢之的呢？狼外婆充满偏见的声音，给我加上了无数"莫须有"的罪名，仅仅因为，我是差生。

差生，就注定万劫不复，没有骄傲，没有尊严吗？

这不公平！我要反抗，我要反抗狼外婆的噪音。

如何反抗？

不成佛，便成魔！！！

四

我的犯错几率在成倍增长：冒天下之大不韪，私自拉了照明线，被值班老师逮个正着；午休时间，忽视校规中"午休不睡觉也必须闭目养神"的滑稽规定，独自跑到大操场上遛弯，被班主任抓到，罚绕操场跑十圈；课外自由活动时，居然过度自由，跑到网吧逍遥……公示栏上，一条条罪过，像一条条伤疤，爬过我年轻叛逆的心灵。

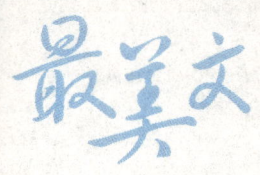

但是,我真正成为万众瞩目的焦点,是在期终考试之后——我考了八班第一名,全年级第十名。也就是说,所谓的全校最好的班,所谓的高手云集的一班,有四十个同学被我甩在身后。

没有人相信这个事实。

一群人,围住我,软硬兼施,想要拷问出一个真相出来。

凭这个成绩,我要被破格提拔到一班,这是学校当初分班时说的,鼓励我们差班的孩子要努力,告诉我们还有机会,现在我的机会来了。

"这个成绩不能算数,她必须重新考一次,我找题目,我监考,考好了,我就允许她进一班。"当着校长的面,狼外婆说得讽刺,仿佛我注定了进不了一班。

我不说话,林若蕾,怎么做,你都注定万劫不复。

一张张试卷摆在面前,我提起笔,像提起一桶铅毒。

即使时间在这一刻凝固,我的笔也不会停下,那些所谓的高深科目,我做起来游刃有余。

所有的人都惊呆了,四个老师,给我一个人监考,我考出了一份完美的成绩。

"既然这样,我同意她去一班,只是不可以这样胆大妄为了。"狼外婆艰难无比地答应了。我含泪而笑,死死盯着狼外婆:"你放心,我不去一班,我会永远留在八班。我不是最差的学生,八班也不是最差的班。我只是想证明这点。"

五

那一年,十六岁的我,成为了学校的一个奇迹,无数的人都在谈论我骄人的成绩。但是,没人知道,一个学习成绩很差的女孩,像垃圾一样,被暗恋的男生在众目睽睽之下,从教室里,从心里驱逐出来的痛苦;也没人知道,那个女孩,私拉照明线,是为了挑灯夜读;午休时去操场是为了背诵枯燥的古文；翻墙去网吧，是用省下的早点钱做网费，在嘈杂的网吧里，用超常的定力拒绝游戏与 QQ 的诱惑，在各个免费或者收费的网校里，听落下的一门门功课；也没人知道，若干年后，女孩读疯狂李阳的故事，读到泪流满面。只有女孩能体味那类似的艰辛，从对知识的一无所知，跨越到轻车熟路。这一路洒下的汗水与泪水，能汇成一条深邃的河。

更没有人知道，被狼外婆声音剐过的青春，所有的骄傲与尊严，都被伤害殆尽。无论有怎样的良药，一直是无法愈合的疤痕，成为女孩无奈并疼痛的前进动力。

（原载《语文报》2015 年第 6 期）

每个人都有一段黑暗的路要走，那是一段咬牙坚持而且沉闷的路。走出来，然后就哭了。

第五辑

爱就是这样一路走过来

年轻的我,可以为了送一个苹果而偷偷地蹲在水果店的门外,却不敢轻易进去。那是一种令我在成长的角落里哭了整整两个小时的情绪,而成长不就是一件重的礼物、痛的领悟吗?

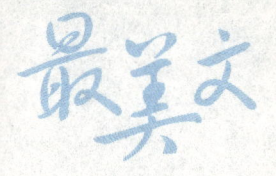

爱就是这样一路走过来

文 / 季锦

爱对了人固然是运气，若是爱错了，那也叫青春。

——独木舟

他们相识相恋于人生最美好的年华。

彼时，对方在彼此的心里完美得没有一点瑕疵。他俊朗，她秀美；他体贴，她温柔。他们爱得那样的热烈而又真挚，尽管双方的家人都不赞同，但他们还是冲破重重阻力走到了一起。

有爱的日子是甜蜜的，真的是看水水清，闻花花香，每一天都洒满阳光。原来，爱情足以让整个世界芬芳。

然而，随着孩子的出生，生活琐事的增多，激情开始慢慢褪色，日子也开始过得不咸不淡，不温不火，随之而来的还有矛盾和分歧。

他们开始争吵，互相指责，她嫌他挣钱太少，不够养家；他说她花钱大手大脚，不会理财，一丁点儿的小事都可以闹得鸡飞狗跳。他没有了原来的体贴，她也丢失了曾经的温柔。

此时，在彼此眼里，一个变得不可理喻，一个变得庸俗不堪。很多次，两个人甚至都动过离婚的念头，可终是不舍。

就这样打打闹闹了十多年，转眼两人已奔不惑。他不再俊朗，昔日英气的脸上布满沧桑；她也不再青春，浅浅淡淡的皱纹开始悄悄爬上额头。

不知是被岁月磨平了棱角，还是两个人已经过了最尖锐的磨合期，总之，他们的争吵日渐减少。每次看他为家辛苦打拼，累死累活，她的心里就会升起一丝疼惜。每天看她为家日夜操劳，憔悴不堪，他眼里也多了一份温柔。

她想，他是不够能耐，没能给她大富大贵的生活，可他始终背负着家的责任，给了她和孩子一份坚实的依靠，跟了这样的男人，她不后悔；他想，她是不够贤惠，没能把家打理得井井有条，但一直尽心尽力为他养儿育女，赡养爹娘，给了他一个温暖的家，娶了这样的女人，他该知足。

于是，她在不知不觉中减少了自己的唠叨，他也在无意识中收起了自己的指责。

日子还是在不咸不淡中走过，可他们却觉得自己的心情轻快了许多。他想，这就是平淡中的幸福吧；她想，这就是惜福后的知足吧。他们不约而同地收起了对对方的苛刻，多了份迁就与包容。不知怎么的，日子变得鲜活起来。他们又像刚恋爱时那样，话多了起来，情浓了起来。随后的岁月里，他们彼此疼惜，又重拾昔日的幸福。

就这样，二十几年光阴一晃而过。他们也到了花甲之年，满头华发，步履蹒跚。如今，儿女成家，父母仙逝，该尽的责任和义务他们都已经圆满完成，只待享受自己幸福的晚年。

她报了老年舞蹈兴趣班，每天随着优美的音乐舞出对生活的热情；他则重拾了少年时期的绘画梦想，每天跟着自己的感觉尽兴涂鸦。

闲暇时，他们就坐在一起说些陈芝麻烂谷子的事，那些记忆的碎片却幸福着他们如今的每一个日子，就连年轻时的打闹，而今忆起来都觉得温馨无比。他纳闷，这么好的女人，自己当初怎么就犯浑舍得跟她吵架？她也纳闷，这么好的男人，自己当初怎么就犯傻对他嫌这嫌那？

很多次，望着她满脸的皱纹，他说："这辈子跟了我，让你受委屈了。"而每次她都笑着摇摇头，一如既往地回答："下辈子，我们还做爱人！"而

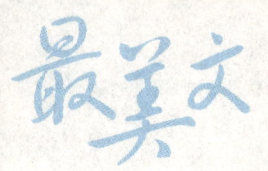

后，两个人相视而笑，眼睛里流露出的爱，绝对不减当年。

婚姻就是这么一路走来，爱也是这样一路走来。从热恋到平淡，再从抱怨到惜福，历经漫长的一生，难免有磕磕碰碰，矛盾分歧。

举案齐眉，相敬如宾的爱情固然令人神往，风雨同舟，患难与共的相伴岂不是更令人刻骨铭心！每一对夫妻都是上天早已安排好的绝配，只看你是否善于经营，懂得珍惜。

（原载《考试报》2015年第36期）

其实，如果你仔细观察就会发现，每一对夫妻在一起都是有道理的。不管是性格互补也好，还是特别适合也罢，总归是有道理的。

那时我们都那么年轻

文 / 胡识

我们离暧昧很近,可是离爱情,似乎又好远。

——独木舟

我读高中时为了在平安夜送一个苹果给暗恋已久的她,真是在桌洞里做着垂死挣扎,我把盒子里的苹果没完没了地拿出来又放进去。

高三那年,我坐在教室的角落里,是一个不起眼的男生,班主任对我从来都是不闻不问。她坐在前排,是一个品学兼优的女孩,每次考试都能拿全校第二名。

而那时似乎所有的同学包括老师都热衷于拿有恋爱倾向的人开涮,如果有男生在情人节那天给女孩子送礼物,当天就会遭到同学们的取笑,隔天班主任便会把两个人请到办公室喝茶。一想到班主任说教时肆意横飞的唾沫星子,我就会心有余悸。

但当我又想起这已经是我和她还能在一起读书的最后一年时,我不禁又鼓足了勇气。放学后,我在路上尾随她,我的心脏都快跳出肋间直到喉咙口。我不停地给自己打气,对自己说:等她走到那家水果店后再冲向前把苹果送给她吧。可就在我准备拔腿向她奔跑的那一刻,我看见有很多个高高帅帅的男孩站在她的对面,他们都给她苹果,她笑得分外明媚。

昨天,班主任说她的期中考试的总成绩比阿宽多出一分,拿了全校第

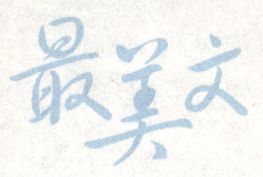

一。她站在讲台上发言，我坐在下面呆呆地看了好久，她身穿一件紫红色的毛衣，扎着马尾辫，眼睛灵动有神，我把她的一笑一颦都记在了心里。我想等到第二天平安夜送她苹果时，对她说："阿离，你昨天穿的那件紫红色的毛衣真像这盒子里的苹果耶，我好喜欢。"

但我最终还是没有把苹果送给她，不知道过了多久，便一个人拎着盒子又默默地回到寝室。室友们看了看我，然后问："阿识，你臭小子收到女孩子的苹果了？"我晃了晃盒子，连声说："是啊，是啊！"

又顿了顿，"这是她，她送给我的……"可话还没说完，站在一旁的阿宽就从我手上抢过盒子，将它拆开，掏出苹果狠狠地在上面咬了一大口。我瞥了阿宽一眼，简直气得暴跳如雷，二话没说就甩了他一巴掌。结果，我俩厮打起来。

那是存在我记忆里最深刻的一次平安夜，挥之不去。

在后来的一次高中同学的聚会上，我听阿宽说，她从他们手上接过的那些苹果都是他们托她送给她的闺蜜们的，而那个平安夜，她一直在等我送她苹果。

年轻的我，可以为了送一个苹果而偷偷地蹲在水果店的门外，却不敢轻易进去。那是一种令我在成长的角落里哭了整整两个小时的情绪，而成长不就是一件重的礼物、痛的领悟吗？

（原载《语文报》2013 年第 19 期）

成长是疼痛的，那时的我们大概是孱弱的，所以才会没有勇气去追求自己的幸福。

茉莉花的温馨

文 / 后天男孩

  风吹起如花般破碎的流年，而你的笑容摇晃摇晃，成为我命途中最美的点缀，看天，看雪，看季节深深的暗影。

——郭敬明

  大四那年，他俩在一次摄影交流会上相遇，他被她的才貌深深吸引。他情窦初开，暗下决心一定要追到她，并发誓一辈子只对她好。可她的心里一直放不下另一个男生，为了不伤害到他，她决定躲开他，去对那个叫施岩的男生说出心底的爱。

  那天，她一大早就把自己打扮得漂漂亮亮，并在花店买了一株茉莉花，她想施岩一定也会喜欢。

  学校举办茉莉花大赛那天，施岩为了抢到那株最好看的茉莉花而不幸把腿摔骨折了，入了院。可还没等她将病房的门推开，她便透过玻璃看见施岩和别的女生紧紧地搂在一起。那个女生不停地说："谢谢你，施岩，谢谢你不惜一切为我去抢那株茉莉花。"

  她的心猛地往下一沉，转过身，又拼命地低着头，眼睛直勾勾地看着手上的那株茉莉花。滚圆的泪珠一颗一颗打在花上，像沉重的叹息，又像无助的呻吟。她还曾自信地认为施岩是为她抢花而受的伤。

她举起右手，想把花扔得老远，突然，他一把抓住了她的手，说："花这般美，扔掉怪可惜的，不如送给我吧。"

她转过头，看着他，眼睛眨都不眨一下，她问："你的头，怎么了？"

他一边拿过茉莉花一边笑着回答："不碍事，一点小意外而已。"

她用手揩了揩眼睛又接着说："没事就好！"

"嗯？这意思就是你有事了？"他问。

"我，我……"还没等她继续说完，他又接着说："不如我带你去我的花店看看，或许心情会变得更好一些。"

她点了点头。

他的花店就开在学校附近，但她却从没有留意过，她去的最多的就是那家叫"花思燕"的花店，在那里有各式各样的花。当然，她只买其中一种花，那家店的老板便给她喜欢的花取了这样一个名字——茉莉思燕。

可他的花店没有名字，他只是用几十种茉莉花拼了这样几个大字——有一个女孩。

他不卖花，他的花店只给游客观赏，有一百多对新人曾在他的花店里拍过结婚照。他也是一名摄影师，他到过很多地方，拍过千山万水，但他只迷恋一座城。每年六月伊始，他就会托朋友从雅典寄来五颜六色的茉莉花。红的，白的，粉的，紫的，蓝的……

她说她最喜欢蓝茉莉，尤其是开在中间的那株，就好像在哪见过。他笑了笑，说："给，蓝茉莉！"

那晚，她在他的花店呆了好几个小时，她发现自己越来越喜欢听他讲故事了，每次他讲到古希腊时的爱情故事，她的眼睛就会折射出一道道幸福的光。

她回到寝室后，闺蜜突然从他手中抢过那株蓝茉莉，说："蓝茉莉同学，这不就是学校比赛那天用的一株花吗？听说它被一个瘦瘦的男生抢走了，他好像还把头摔破了。"

"蓝茉莉同学,这是从哪弄来的,莫非?"

"别瞎说!"她把花又抢了回来,插在花瓶里。

那一夜,她怎么也睡不着。她好像看到他那天抢花的影子,他是那么执着,义无反顾。

学校举办茉莉花大赛的宗旨是:抢一株最好的茉莉花,送给 Ta。

他们毕业那年,他带她去了雅典,在那漫山的茉莉花海中,他向她求婚,她接过他送的戒指,满脸幸福地答应了。他和她的爱情就像茉莉花的花语:清纯,玲珑,迷人。

我在街上碰到她的这天,正是他和她结婚四十周年纪念日。她在这条街上已经卖了两个多月的茉莉花,她说,他罹患肺癌在医院治疗。她想多卖出几株茉莉花,攒够钱,带他再去一趟雅典。

她没有怀孕的能力,他在三十二岁那年因为一次摄影跌下山而被截肢,他们和茉莉花相依为命。

这世上有千万种花,也有千万种爱,爱每经历一次花期都会变得熠熠生辉,生成一个个动人的故事。

(原载《考试报》2013 年第 5 期)

每一朵花开,都有一个凄婉的故事。不管你摘的是哪一朵,都请你用心去感受吧。

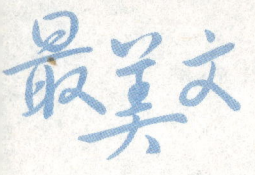

我们在西瓜地里不见不散

文/阿识学长

> 躲在某一时间,想念一段时光的掌纹;躲在某一地点,想念一个站在来路也站在去路的,让我牵挂的人。
>
> ——佚名

一

我和阿力出生在同一个村庄,我们在同一个城里念大学。

阿力在 A 大,大二,学汉语言文学专业,我在 B 大学医,大三。

每次阿力犯夏季热病时,他都会有气无力地嚷嚷着说:"阿识,要是我那年不补习,我应该也是一名准医生了,我自己的病我肯定看得好。"

2011 年,阿力和我考上了同一所医学院,暑假时我们本来打算从乡下坐绿皮车到北京旅游,可就在我们准备出发的前一天晚上,阿力说他的女友威胁他,如果他们不在同一所大学念书,那就得分手。

喜欢一个人,我们总是心甘情愿地对那个人好。

也许阿力他太喜欢阿翠吧!

二

阿翠是隔壁班的班花,成绩在班里也是遥遥领先,学霸级别。

我不知道阿力是怎么追上阿翠的,听别人说,阿力追上阿翠只动用了三个西瓜。

我们村的西瓜在夏天实在胖得可爱，红得可人，能甜到人的骨子里。

暑假时，每天下午四点来钟，我和阿力都会提着麻布袋去瓜地里摘西瓜。

阿力是出了名的摘西瓜大王，他用手指头在西瓜的肚皮上轻轻地敲一下，就晓得哪个西瓜熟得最好。

阿力说，他还能用鼻子闻到瓜香呢。

三

这也难怪阿翠会被他轻易追到手，原来现在的好多女孩子都喜欢吃西瓜，也喜欢给她送瓜的男孩子。她们总要约上几个闺蜜一起坐在电视机前一边看《来自星星的你》，一边用调羹往嘴里送西瓜，还一边说着"都敏俊西"。

当然，那时候暑假压根就没有"都教授"可看，韩剧也不是那么火。我和阿力看得最多的也就是湖南台的《还珠格格》系列。

于是，阿力总要指着电视里的紫薇，哭得像个泪人："阿识，快看，女神，我的女神又在大清朝受伤了。"

原来紫薇正被容嬷嬷虐待。

阿翠长得像林心如，所以阿力也跟着林心如受伤。

四

我切开刚摘回来的西瓜，递一大块给阿力。阿力重重地咬了一口："阿识，我想好了，我要和阿翠一起补习，我们要一起考师大。"

西瓜被吃进了他的嘴里，释放出甜蜜的信号。那会儿，我真佩服阿力的勇气，他可以为了喜欢一个人，竟尝不出来那块西瓜是淡淡的、咸咸的味道。

那是第一个没有被阿力用手指头敲熟的西瓜。

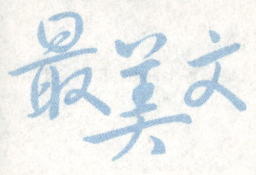

我猜，摘西瓜时，他的心肯定不在瓜，在她。

五

阿力补习那年，我和他联系得不多。偶尔上网和他聊Q，我就会问他："2012年，你爷爷打算种多少亩地西瓜？"

"切，你就知道惦记着我家的瓜，不知道关心一下我。"

"哪有啊，你都说等你2012年和阿翠一起考进了师大，我们仨就每天夜里躺在你家的瓜地里。我都买好了帐篷，晚上我们一起看星星，一起吹风，还有一起……还有一起吃西瓜！对，我要把你爷爷吃穷，让他打不成麻将，谁要他每次输了钱就怪我在他旁边影响他的牌运，他还用烟杆子敲我的脑袋，叫我滚回地里插秧呢。"

"我这辈子一定会恨透了插秧生活。整个暑假都快累瘫了，白净净的我一下子就被晒成了黑猪佬。我容易吗我？你爷爷太不近人情了！"

"你爷爷才不近人情了呢！"

"也对，谁叫我没有爷爷。不然暑假我肯定会抱住他的大腿，我和他整天整夜躺在桃树底下，他帮我摇扇子，还给我讲故事。他对我讲的故事我都记得，他那个年代简直苦得要命，大暑天都要出去放牛，捡牛粪呢。"

"所以你要知足常乐，黑人更健康一些。"

六

刘同说："谁的青春不迷茫。"每次和阿力简单地聊完几句，我的青春就再也不恐慌了，都能听到乡下的鸟鸣，看到乡下的炊烟，还有一条不近不远的山路。我行走在山路上，青春告诉我，再翻过前面的一座山，你就会想起我的样子了。

白云、禾苗、水田、草帽，还有几个捕捉笋虫和金蝉的少年，还有几个追着蜻蜓不放的娃娃。男孩子和女孩子跳完皮筋、踢完毽子、推完铁圈、弹完弹珠后就穿着短裤跳到河里洗澡。我们在水里一边捉迷藏，一边摸河螺，惹得鱼儿总用小嘴巴亲我们的脚丫子。

我们在十多个暑假喊了成千上万次："痒，痒，妈妈你再用力往上挠几下，我是不是满身都是痱子啊？"

"谁叫你大热天还贪玩，活该！"妈妈就将花露水喷到手掌上，然后再抹到我们身上，连她们的骂声都是清凉的，亲昵的。

七

阿力和阿翠终于考上了我所在城市的师大，那年暑假，我们仨真的如愿以偿了。

阿力爷爷的西瓜地在村子的西边，我们便每天趁着夕阳西下就跑到地里搭帐篷。

阿力说，"夕阳薰细草，江色映疏帘。"

阿翠说："东风渐急夕阳斜，一树夭桃数日花。"

我说："知音不到吟还懒，锁阳开帘又夕阳。"

那年，身边的朋友都有女朋友，唯独我形单影只，所以夕阳西下，我会比他们要惆怅一些。

当然，一等到天暗了下来，我们点起了灯，有了风，我就再也不会想一些乱七八糟的事了，我会做好多美梦。

我梦见我的车轮和房子是用西瓜做的，我每天都躺在西瓜床上K歌。

《爱情转移》这首歌，被我唱得和西瓜一起在地里翻滚。

八

不久，阿力和阿翠突然分了手，得知这个消息后，我给阿力打了无数个电话，可他的电话一直无人接听。

我猜，阿力肯定又跑到K歌厅里一边唱《宁静的夏天》，一边酗酒了。

每次阿力伤心难过时，他都要花上很长一段时间重复着K那首歌，然后接二连三地打开啤酒。

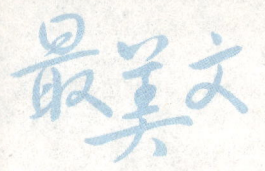

在他的想象里，夏天一定永远都是宁静的吧！但这世上，不是每一个西瓜躺在每一块瓜地里都是安安静静的，它们也会在夏天遭遇狂风暴雨。这是生活告诉我们的道理，西瓜不是长给生活看的，它是用来吃的，好不好，你我说得不算，现实说了算。

九

阿力失恋的第二个暑假，他约我去深圳打工，我问他为什么不和我一起回老家种地，他感叹道："老家的夕阳无限好，只是近黄昏。"

就这样，后来只有我一个大学生留在村里种地。

十

今年夏天，阿力的爷爷和奶奶在西瓜地里搭了一个小小的木房子。每当萤火虫从草地上飞起来时，木房子里的灯就会发亮。

我猜，阿力的爷爷和奶奶也肯定会在夏天既安静也吵闹过。

曾经因为西瓜奋不顾身喜欢上一个人，也会因为西瓜地一直存在，遗落几颗种子。

青春是睡不着的，灯亮着，它就醒着。

所以，不管夏天有多苦、多热、多长，只要你静下心来再读读青春时的故事，你就一定还会做梦。

对，我们在夏天的夜里，不见不散。

（原载《语文周报》2014年第19期）

不管爱情如何轮回，不变的，是我们一直赖以为生的友谊。

你幸福我为你祝福，你失恋我可以陪着。友谊，万岁！

爱情，不是同一条河流

文 / 林玉椿

不太热烈的爱情才会维持久远。

——莎士比亚

他和她相识在一场聚会中，两人几乎是一见钟情。当他们的目光相遇时，立刻就迸出了火花，内心涌起无尽的温暖。第一次见面，在众多的面孔中，他们几乎就已经确认对方就是自己的那杯茶。

当他们第三次见面时，他们就陷入了深深的热恋中。那晚，他们喝完啤酒颇有些醉意，然后悄然撇下其他人，走到深夜的大街上。两人的手有意无意地触碰，然后就紧紧地牵在了一起。

那晚，他将她按到墙边，深情地吻了她。她没有感到任何的意外，相反，她的眼神流露出了她对这美好一幕发生的期待。于是，一切感觉是那么亲切，一切感觉是那么温暖，一切感觉是那么和谐。他们的每一个牵手、拥抱、亲吻都可以令彼此血液沸腾又内心舒坦。

他们经常脱口而出的竟然是对方想说的话，于是很惊讶地说："咦，我也正想这么说呢。"这样说完，彼此内心掠过一丝喜悦。他们也经常会异口同声地说出同样的话，然后彼此相视而笑："咦，你怎么也这么说呀。"这样说完，彼此内心便涌起一股暖流。他们的内心是如此地相通，他心里在想什么，她总能感觉得到；她心里在想什么，他也总能知晓。

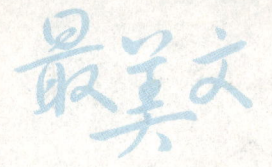

他们互相翻看对方的照片，惊讶地发现两人去过许多同样的地方，在同样的景点拍过照，甚至用了很相似的姿势。他们有一种相见恨晚的感觉。他们毫无疑问地认为，这就是缘分，是上天安排了他们的相遇、相识、相爱。他们毫无疑问地认为，他们是天造地设的一对。

于是，他们爱得天昏地暗，爱得肆无忌惮，爱得目中无人，似乎全世界只有他们两个人，其他的任何存在都无关紧要。他们爬到半山上热烈地亲吻拥抱，他们来到大海边尽情地追逐嬉戏。他们在花前月下郑重许诺，他们在拥挤街头十指紧扣绝不松开。她对着大海喊出他的名字，喊出"我爱你"的热烈话语；他在她耳边呢喃细语，表达着他对她的绵绵情意。

他们最喜欢来到那条穿城而过的河流边，沿着那条河堤散步，说着爱情的甜言蜜语。他们对着河流发誓，这辈子都会好好珍惜这份难得的爱，这辈子永远都不会分开。

然而，他们最终还是分开了。

还是在那条河流旁。那天的夜晚，月光洒满大地，河水倒映着月光，波光粼粼。可是起风了，风吹得身上都是凉意。

"我们结婚吧。"她说。

他沉默了，良久，他抬起头："可以等我三年吗？"

她的脸上写满了失望，两行清泪顺着脸颊流了下来。她摇了摇头，说："女孩的青春等不起。"

于是，她选择回到了相恋多年的前男友身边，与前男友走进了婚姻的殿堂。

这样的分开，对于他们两个人，都是撕心裂肺的疼痛。很长很长的时间，这种心绞般的疼痛没有一丝减弱。只要一想到对方，就心痛得想号啕大哭。

为了不让彼此内心这么痛苦，为了安慰对方也为了安慰自己，他们在那条河流旁许下诺言：这辈子都是知己，永远不会忘了对方。无论世事如何变迁，无论岁月如何老去，他们都是对方最亲密的人，他们的心灵永远属于对方。

带着这样的幻想，她试着慢慢适应婚后的生活，他也试着慢慢接受她已经结婚的现实。

他仍然像往常一样在网上跟她聊天，聆听她的心事。她尽情地向他倾诉着婚后的生活，诉说着与公公婆婆相处的烦恼，诉说着与丈夫生活观念的冲突。

对于那些鸡毛蒜皮的事，对于那些柴米油盐的事，他总是仔细地聆听，尽心地开导和安慰。可是慢慢的，他发现这种安慰再也不能像以前那样奏效。以前，她心情不好时，他喜欢将她紧紧地拥在怀里，她的一切不开心立刻就烟消云散。可是现在，无论他说多少安慰的话语，他也明显感觉到无法消释她的烦恼。

后来，她有了孩子，工作和带孩子成了她生活的全部。她渐渐地和他越聊越少，偶尔在网上和他聊的，也都是她的生活，她的孩子。慢慢的，他发现她似乎不再关心他的生活，不再关心他的心情。以前，他有什么心事，遇上什么挫折和困难，她都会很敏感地发现，及时地劝慰。然而现在，即使他在网上的留言显示出他正遭遇不幸、创伤、挫折，她竟然没有任何一句关心的询问和安慰的话语。而这些，其他最一般的朋友都做到了。

渐渐的，他们在网上不怎么说话了，有时十天半个月也不说一句话。偶尔打声招呼，也不再有任何话题。

他明显地感觉到彼此之间已经筑起一层厚厚的隔阂，彼此之间正逐渐变得陌生，明显感觉到他在她心目中已失去了全部的地位。他忽然想起她以前说过的一句话：我爱你时你是一切，我不爱你时你什么都不是。现在，他知道，在她心目中，他已经什么都不是了。

他又来到了那条河流旁，眺望着这座宽广的城市，他深切地感觉到自己的渺小与悲哀。在这座城市的万家灯火中，隐藏在那水泥森林的格子间里，多少浪漫美好的爱情正在开始？多少山盟海誓的诺言正在粉碎？多少生老病死的无常正在发生？多少悲欢离合的故事正在上演？他想，其实自

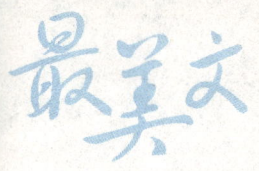

己只是这个世界上非常渺小的个体，上天又如何这么有心来安排这些故事的发生。以前一切的美好，不是天意，而是人愿。

他伫立在河边，望着缓缓流动的河水。他想起一句话来：人不可能踏进同一条河流。是啊，这条河，似乎与往日并没有什么不同，还是这样静静地流淌。但他知道，这已经不再是同一条河流，河里的流水不再是昔日的流水。昔日的流水早已远去，现在河里流淌着的，是陌生的水流。

而她，似乎与往日并没有什么不同，但他知道，这已经不再是同一个"她"。以前的她，血液里流淌着的是对他最热烈的爱，而现在的她，体内流淌着的却是对他的漠视与陌生。

不是同一条河流，不是同一个"她"，为什么还要把以前与自己相恋的"她"和现在已为人妻的"她"互相联系起来比较呢？为什么还要耿耿于怀放不下来呢？所以，不要恨，不要遗憾，不要不甘心。过去的东西，就像河里的流水，永远无法找回。

把那段回忆好好地珍藏起来吧，那是自己生命中最美好的年华。在那段幸福的记忆中，有他，也有她，是互相深爱着的他们。但是现在，必须把回忆与现在割裂开来，把以前的她留在内心的那份美好中。忘了现在的她，因为以前那份爱情，与现在的她无关。

虽然有时心里还是会掠过一丝悲哀，但是，保存好以前那份美好的往事，任河流继续远去。让一切自然而然的事继续自然而然地发生，让永不停歇的岁月继续向前行走，又何须悲哀呢？于是，他也就慢慢释然了。

（原载《语文报》2016 年第 21 期）

不管岁月如何溜走，我们的心里始终住着一个人。她不属于爱情，可是一想起来总是那么心疼。

冬天就这样被你温暖着

文 / 风絮

　　爱情不是花荫下的甜言，不是桃花源中的蜜语，不是轻绵的眼泪，更不是死硬的强迫，爱情是建立在共同语言的基础上的。

——莎士比亚

　　冬天的景色肃然。今天，窗外有风，高高的梧桐树上，一半绿，一半黄。枯瘦的叶子像锈蚀的日子，斑斑驳驳，摇摇欲坠。

　　伫立风中等你，我守望的身影傲然如菊，以静默的祈祷，翘首等待属于我们的美丽。

　　万水千山算不算远，我不知道，有时候仿佛是两个世界的距离，你那里温暖如春，甚至大街上还裙裾飘飘，而我的周围却寒风呼啸，穿了毛衣外套依旧瑟瑟发抖。

　　但有时候，这距离却又仿佛触手可及，就像此刻，我们端坐在天涯两端，守着南国和北国的各自阴晴，却终究在这一轮圆满中消亡了彼此的差异。渐渐的，一种缠绵的情愫在心襟上腾挪，像淡淡的雾，捉摸不定，虚凉而又神秘……

　　"你，从天而降的你，落在我的马背上。如玉的模样，清水般的目光，一丝浅笑让我心发烫。你，头也不回的你，展开你一双翅膀。寻觅着方

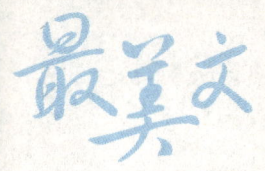

向,方向在前方,一声叹息将我一生变凉。"很旧却非常经典的曲子,忧伤的音符,总是能让深藏在心底的陈年往事,在一刹那间呈现在面前,美好动人的歌词,总能让消失在风中的美好岁月,从记忆中返回。

不由得让我想起了沈从文先生曾经说过的一段话:"我行过许多地方的桥,看过许多次数的云,喝过许多种类的酒,但是,只爱过一个正当最好年纪的人。"沈从文先生把遇见的美好演绎到了极致,而我们,是否也该珍惜?

你我的相遇平淡无奇,却留给我今生最深的痴迷。不思量,自难忘,千里之遥,无语慰忧伤。遥远的你,总会让我的想象长出翅膀;想念着你,总会让我可以静静地度过一段美丽的时光。

张爱玲说:"悄然而逝的时光之中,到处可以发现一些珍贵的东西,使人高兴一上午、一生、一世。"而你,仅仅一句贴心的话语,一个温馨的眼神,就已经温暖了我整个的冬天。

轻轻吟起:蒹葭苍苍,白露为霜;所谓伊人,在水一方……也许,相识就是一种缘分,浅浅的,浅到从不谋面;深深的,深到心灵共振。天气微微的冷,而心情,却比以往任何时候都感觉到暖融融的,这个冬天,不孤单,因为有你的陪伴。

(原载《语文周报》2013年第22期)

有些等待是值得的,你知道他终会来到你的身边。这个冬天注定是温暖的,尽管依然有那么多人等不到对方。

忽有斯人可想

文 / 许冬林

> 到有了一个结局,才发现身后的一切都是铺垫,长长的恩怨,不过是微笑的理由。
>
> ——张嘉佳

只是一低眉,月光片片,缤纷落于脚尖。

只是一低眉,那个人,便清澈浮现眼前。才下眉头,却上心头,这便是想念。

会忽然想起某个人。想起时,世界万籁俱寂。

记得一个秋天,采风,跟邻座的友人闲聊,聊写作时的状态。我说,写东西时,是一个微微低温的状态,像一片湖水笼进了暮色烟霭里,又凉又苍茫。

想念的那一刻,也静寂,也低温。就像清夜灯下的写作,一个人。

扬州八怪之首的金农,曾经在一幅山水人物画里题句:此间忽有斯人可想,可想。

真是有性情美的句子。看三两根瘦竹,看一二片闲云,一刹那,一恍惚,忽然就想起某个过往的人。忽然间,心如春水,就荡漾开一片潋滟波纹。

忽有斯人可想，斯人，是旧人，住在旧时光里，住在内心。像冬眠的爬行动物，惊蛰一声雷，他在心里软软凉凉地翻身。

是忽有斯人可想，这想，既是缺憾，又是圆满。

春日迟迟，光阴寂寞慵懒，于是，出门看花。是一个人，坐车去山里，看桃花。

山色明媚，山势在阳光下绵延起伏，登高远望，一派清旷。桃花在山坡上，不是一棵一棵，而是一片一片。一片一片的烂漫云霞锦缎，点缀得巍峨大山格外有了脂粉气。

看花的人，双双对对，像《梁祝》里的彩蝶翩翩。忽然心上就漫进来一片潮润水汽，是想起他了。

那时候，彼此还年少，约过一起来看桃花。

那时候，彼此都以为，青春好长，好长啊，像花事，一场又一场。

转眼已不青春，是我一个人来看桃花。

桃花开得热烈，还是闲寂，只我一人知。

如今他在哪里呀？是否已经忘记和我一起看桃花的约定？是否，他的心已老，老得春风都已扶不动？

这样一想，心就黯然起来。眼前漫山遍野的桃花，开放的，开始一眼一眼地凋零；未开的，也幽冷得开不动了。

可是，这么多年过去，在这样盛大的春色面前，我还是想起他了。

想起他，又觉得时光已经充盈饱满。

他呀，大概就像桃花装在春天里一样，装在我的心里了。一年一会，春风一起，就会想起，明艳或萧瑟，都在心里。

生命里，脚印深深经过某个人，这生命便从此着染了他的声息。不管这人和你有多少年未见，和你隔了多少条街道多少个城市，只要一想起，依然那么近。因为，都在时间里。

时间像月光，又广博又清冷，笼住了每个人。因此，我无须踮脚探询，你在哪个方向。我只要一低眉，便能感触，你和我一样，在人群中，在时间的洪流里，向前，向前。想起，便觉得温暖，也想要叹息。

大雪天，一帮子人在小酒馆里，喝酒，胡侃。空调的暖气开得好足，个个粉颊红腮，像桃花盛开，争奇斗妍。我融入其中，常常背叛，内心背叛，一阵一阵落寞。在最拥挤最热闹的场合，会内心清冷，会忽然想起某个人。

仲秋时节，月亮白胖浑圆，总喜欢一个人出去走走，总喜欢去往路灯照不见的空旷处。是为了一个人去吟读苏子的句子吗？但愿人长久，千里共婵娟。

这婵娟的白纱衣里，也有他呀。他如影随形，他化成月色，化成桃花，化成空气，化成时间……每想起，斯人皆在左右。

除岁的烟花在墨黑的夜空灿烂开放，将天空照成花园——又长一岁了！心里一叹。是啊，那个人，和我一样，又老了一岁。我们都，无声无息。无声无息地老下去，偶尔想念，忽然想念。

想念时，听听《当爱已成往事》。

有一天你会知道
人生没有我并不会不同
人生已经太匆匆
我好害怕总是泪眼朦胧
忘了我就没有痛
将往事留在风中
……

往事在风中，我们也在风中。总有一阵风，让我们与往事，睹面相逢。已经不奢求，时间的倒流。

只是想想，想想而已。一凝眉，你在眼前；一低眉，你在心底。便已懂得，便已知足。

（原载《美文》2008年第5期）

他们在哪里啊，他们都还好吗？我们就这样，各自奔天涯……真的，我们就这样失去了本来的面目和联系。愿岁月静好，两不相忘。

第六辑

旧爱是一个疼痛的影子

　　海，依旧幽蓝幽蓝，尼娅的眼里看不到了忧伤，她的心已变得和大海一样干净、宽阔、从容。

　　尼娅和冯博谁也不说话，他们的爱早已在心底出落成花的模样。那花儿携着两颗心温暖相拥，懂我懂你，纵然静默，也是最好的爱。

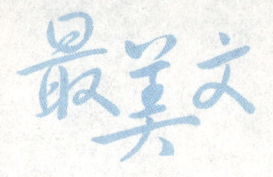

流年里的红裙子

文/芳心

生命若给我无数张面孔，我将永远选择最疼痛的一张去触摸。

——七堇年

整理衣柜，翻出来一件红裙子。哦，红裙子，上面落了一层细细的尘，却遮盖不住那些青春的记忆，那段窈窕的时光。仿佛只要我回头，你就还在原地，冲我温暖地笑。

那天，是初到公司，人地两生疏，下班后，我一个人默默地走着，毛手毛脚的你骑车飞快地从我的身边蹭过去。要命的是你的车子挂住了我的裙子，就那么一瞬间，我的裙子被无情地撕掉了一角。我一下子愣在那里，既无助又尴尬。那可是妈妈为了我来城里上班才给我买的裙子，我也是第一次穿裙子。

你折回头，歉意地笑笑："对不起，我负责赔你的裙子。"不容我说话，你便把我揽在自行车的前梁上，飞快地骑往我不知道的方向。

是家很大的商场，来到服装专柜，你问我喜欢什么样式的衣服，可以随便挑。初到城市的我，不懂穿衣打扮，也不懂如何挑选适合自己的衣服，我望着琳琅满目的衣服，花眼了。

时间一分一秒地过去，你说："我替你做主吧，你要相信我的眼光，选衣服男人比女人有眼光，因为女人的衣服是穿给男人看的。"我不屑你的"歪论"，看中了一条深色的裤子。我已经恨透裙子了，如果裙子不飘起，就不会被撕扯了。

你还是尊重了我的意见，买下了那件深色的裤子。因为我身上没带多少钱，只能是你付钱。

公司给年轻人举办舞会，被同事生拉硬拽去。我躲在角落里，看着别人华丽登场。

"噢，原来你在这里啊。"是你，你做出邀请的姿势，我却回应你一百个拒绝，因为我不会跳舞。

我走出了喧闹的舞会现场。

"怎么？不会跳还是不想跳？"身后的你追过来。

"我不会。"我淡淡地说。

我找一块草地坐下，你也坐了下来。我不说话，你也没说话，就那样静静地坐着，直到夜潜入了人们的梦境。

"今天是你的生日吧，这是我送你的礼物，你一定要收下。"几天后，下班的路上，你飞速地把一个手提袋塞进我手里，然后飞样地骑车走了。

回到宿舍打开，是一件红色的连衣裙，里面还有一张纸条：遇见了你，就遇见了美好。那天，有栀子花的香气隐约飘到了我的窗台。

同事为我祝贺生日，你也来了。我穿了那件红裙子，同事都说我穿红色特漂亮，我看到你的眼里闪过一丝明亮，却在瞬间转为暗淡。

那晚，我穿着红裙子，迈起并不娴熟的舞步，邀请你和我来跳一支舞。飘扬的裙裾，是我萌动的情怀。

故事，最终都会有个结局。而我，一个人把故事一遍遍地讲给自己听。花落无痕，芬芳的年华，故事的最后，我再也不会看见你瞳孔里的那一抹伤痕。

岁月蹁跹，时光荏苒，红裙子的记忆和心动，斑驳成浅影，抖落在

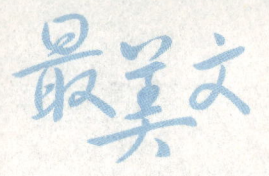

风一样的流年里。那些时光，在轻蹙的眉间，渐渐老去。红裙子飘扬的心事，只有时光会记得。

（原载《心理与健康》2015年第1期）

每个人的青春里，都有那么一段让自己觉得凄婉的故事，尽管这个故事已经过去了好久，可是依然还是清晰地记得。

我用整个夏天同你告别

文/红川

　　我见过你最深情的面孔和最柔软的笑意。在炎凉的世态之中,灯火一样给予我苟且的能力,边走边爱。

　　　　　　　　　　　　——七堇年

一

　　路边的合欢花开得嫣红一片,远远看去,像绿色的擎盖之上布满了粉色的云雾。漫步在这熟悉的校园路,想起你我初次相识的情景。

　　记得那是个合欢花盛开的初夏,已是高二的我们,身边弥漫的是升学、努力的呐喊。

　　一天,我一个人走在放学的路上,一边走,一边和合欢花打招呼。兴奋之余,禁不住旋转起舞。

　　没成想,一脚踩到了你的脚上,你"哎呀"一声,将我从沉迷中拉回。

　　你蹲在地上,脱下鞋子,揉着自己的脚。我看着你的样子,不知为什么,一点不心慌,非但没有道歉,反而笑得一塌糊涂。

　　"你这人怎么可以这样?!踩了人家脚不道歉还笑,我都疼死了。"看你龇牙咧嘴的样子,我收起了笑容,蹲下来,问:"还疼吗?我踩你一脚不至于那么疼吧?我不胖的。"

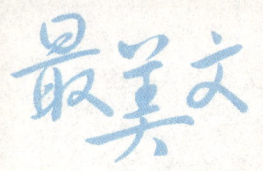

你"扑哧"一声笑起来："踩人家脚和胖瘦有关吗？你瘦就可以随便踩人家脚吗？什么理论？"看到你露出了笑容，我的心宽了几分。

此后，我们便认识了。

但当你说出自己名字的时候，我被狠狠地吓到了。

二

林嘉楠，这是个全校闻名的名字，我上高一的时候就听别人说过你的浪漫情事。

你喜欢你们班里的一个叫梅若曦的女生，常常在上课的时候给那个女生写纸条，折叠成帆船的样子，让纸船顺着同学的手织成的河流顺利抵达靠岸的"港口"。

一天下来，你给那个女生写的纸条竟用掉了一本作业本！这是我们学校的"吉尼斯纪录"。此后，你就成了我们学校的"名人"，并且大红大紫，成了众多女同学的偶像。

梅若曦并没有被你的纸条情书打动，依旧和你保持着不远不近的距离。

同学们都说你选的目标"太高大"，梅若曦一个"白富美"，怎么会看得上你一个"穷屌丝"呢？

但你仍锲而不舍，那个学期，你整整地用掉了几十个作业本。

有同学劝你，别用作业本写情书了，把那些写情书的作业本都拿来写作业，把写情书的劲头都拿来学习，将来一定会考上一个名牌大学。

你不以为然，回眸一笑，说："谁的青春不曾疯狂？不疯狂的青春还是青春吗？"

三

我喜欢听老歌。

我喜欢听那首《驿动的心》。

"曾经以为我的家／是一张张的票根／撕开后展开旅程／投入另外一个陌生……"我握着MP3，低低和唱着，不知不觉，眼泪流了满脸。

伸过来一双手，手上是一块洁白的纸巾。我抬头，是你，不知何时，你站在了我的身边。

"我知道你的故事，就像你知道我写情书一样。"你轻轻地说。

"你怎么知道我的事的？"

"想知道一个人，无论如何都会知道的。"你狡黠地笑着。

"其实命运对待每个人都是公平的，比如你没有了双亲，但生活给了你自立和坚强；你没有了家庭，但得到了更多人的关爱。"你收起笑容，一本正经地说。

"可是，很多时候，我感觉自己好孤独。"不知道为什么，在你面前，我愿意展现我的软弱。

你说："看，我的肩膀，可以随时借给你依靠。"

那一刻，我封闭的心湖起了涟漪，感觉自己的脸在发烧。

"你看，你的脸上开了合欢花呢。"你坏坏地说。

我没有反驳你，任凭脸上的合欢花开得绚丽灿烂。心里揣想着我们会有一个美好的未来，一个完美的结局。

四

很快就是暑假了。

你回了家，我选择继续留在学校，因为家对我来说，在哪儿都一样。

我找了一份兼职，是辅导一个初二的学生英语。

那一夜，我做了一个梦，梦见我一个人走在一条深巷里，向前，看不到去路，向后，望不到来头。无边的黑暗压过来，令我感到窒息。我惊醒了！望着空荡荡的宿舍，我的眼里满是恐惧和迷茫。

原来，那些极力掩饰的悲伤，哪怕隐藏，哪怕淡忘，它也总会在某个

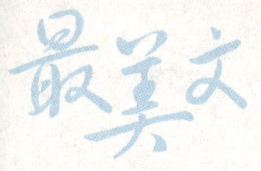

不经意的时刻跳出来,拥抱你。

终于,开学了。

我们成了高三生。

一天,我接到一个陌生电话,电话那端的女人说,她是梅若曦的妈妈,也是你的妈妈。听到这句话的时候,我的脑袋瞬间短路。接下来的话我一句也没听清,只记住了最后一句话,她要我不要纠缠你,她希望你和梅若曦都能考上最好的大学。

挂掉电话,我站在窗前,看着窗外流淌的白月光,闪烁的泪光照亮冰冷的脸庞。此时,我多么渴望你能用一个热情的拥抱温暖我冰冷的心房啊。

我开始按照你妈妈的吩咐冷落你,不接你的电话,也不再到那条我最爱的合欢花路散步。下晚自习,你在教室门口堵住我,拉着我到教学楼的一角,摊开那些你传给梅若曦的纸船说:"看,这不是什么情书,是梅若曦每天留给我的作业。对了,梅若曦是我妹妹,是老妈让她监督我学习的。"

我笑了,我说我感觉像在看电视剧,你也笑了,你说生活本来就像电视剧。

五

我和梅若曦成了好朋友。

梅若曦说家里对你的期望很大,因为你是你们家族企业将来的接班人,所以对你要求很严格。

你在我和梅若曦的督促下,学习成绩一路飙升,你拿着生平第一次得到的满分试卷,兴奋得像个孩子。

书山题海,试卷接着试卷,高三的日子就这样轻易过去了。

你说我们报考同一所大学,我答应了,但后来,我改了,你不知道。我选择不上大学,提前回我的山村小学去当老师。

我们终究是两条路上的人，有一段这么美好的相遇，对我来说，已经足够。

你知道吗？我用了整个夏天来同你告别，告别我们青涩而单纯的爱恋，告别一朵合欢花鲜艳欲滴却随风飘零的心事。

9月，是大学报到的日子，我换了手机号码，删除了你的电话号码。

村庄的小学里也迎来了一批新生，他们如一只只蝴蝶，在并不宽大的操场上追逐着温煦的阳光。我站在阳光里，远远地望向你的方向，我想，你那边的阳光，一定也盛开着幸福的光芒。

（原载《青春期》（健康）2014年第9期）

有些人注定是会错过的，就像两只蝴蝶，飞着飞着就失散了。而那些失散了的，就叫青春。

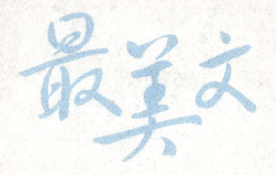

旧爱是一个疼痛的影子

文/一帘风絮

  隐忍平凡的外壳下，要像果实般有着汁甜水蜜的肉瓤，以及一颗坚硬闪亮的内核。

——七堇年

一

  尼娅望着幽蓝幽蓝的海，眼神落寞而忧伤。耳朵里塞着耳机，手机里单曲循环播放着那首许巍的《曾经的你》："每一次难过的时候，就独自看一看大海……"

  今天，她难过，所以一个人跑来看看大海。

  大海那么干净，那么壮阔，那么从容，和高原的天空一个颜色。尼娅多希望在她看过海之后，心中的烦忧就会后退，退到一个触碰也不疼的角落。

  涨潮了，尼娅望着一波一波涌起的浪花，忽然想到了一句话：海是这个孤独星球的眼泪，或许，海真是由眼泪汇成的。要不，它的滋味怎么是又咸又涩呢？

  不知不觉，天黑了，华灯次第闪亮。尼娅抬头看看满天闪烁的繁星，看看身边那些成双成对、笑语喧喧的人们，她的心一阵一阵地疼起来，好像有谁拿着针在她心灵最柔软最纤细的地方狠狠地刺。第一次,她相信了,这个世界上真有心痛的感觉。

尼娅一个人慢慢悠悠地走在海边的沙滩上,漫不经心,那饱满的、潮湿的海风吹着她的长发和白裙,有着小清新的气质。

有人过来搭讪:"嗨,姑娘,我带你去冲浪好不好?"

尼娅不应答,加快脚步向旅馆走去。

谁知,那个人不死心,一直尾随着她。在这个陌生的城市,被一个陌生男人"跟踪",让她感到了极度的无助和恐慌。

再过一个路口就到旅馆了,还有两秒绿灯,行人和车辆都慢了下来,只有尼娅飞奔着向路口冲去。

突然,尼娅觉得身子飞了起来,然后坠落、坠落……一下子跌进了黑暗。她想喊,却喊不出,她想睁开眼,眼皮却沉得厉害,她只好用力地呼吸。

恍惚中,有一双手握紧了她的手,把她揽在怀里,有个声音在耳边沉着有力:"坚持住!坚持住!"尼娅想对他笑一下,终究支撑不住,昏了过去。

二

尼娅醒来的时候,是个晚霞灿烂的黄昏,她动动身子,动不了;她抬抬手,感觉手被握着。握着她手的是个男子,趴在床沿上,像是睡着了。

尼娅觉得口渴,再一次抬了抬手,男子醒了,一脸的倦容,但笑着问她是不是饿了。她摇摇头,说口渴得厉害,想喝点水。男子说让她稍等,他去楼下的商店买。

男子离开,旁边病床上的女病人对尼娅说:"你老公人真好,这一天多看你昏迷着,他就一直握着你的手,不吃不喝,一刻都没离开呢。"

尼娅笑笑说:"他不是我的老公,我还没有结婚。"女病人说:"那就赶

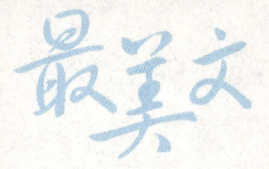

紧结婚了,这么好的男人,哪里去找?"

男子买水回来了,还买了一些零食。

就这样,尼娅默默接受着男子的照顾,很多时候他们之间是沉默的,但男子却仿佛知道她的心思似的。尼娅眨一下眼皮,他就知道她需要什么。

尼娅有点怀疑,难道陌生人之间也有"心有灵犀"存在吗?

尼娅伤得不算轻,不说皮外伤,右小腿轻微骨裂,还断了两根肋骨。一个多月后,她才被允许出院。

男子开车送她,在尼娅订的旅馆,男子说是他不小心撞到了她,他会为她今后所有的"后遗症"负责。妮娅一听,不假思索地说了一句:"你负得起这个责吗?"男子说他从不说谎,可以用生命作保证。尼娅不是无赖的人,想着这些天男子如此尽心的照顾,心情平静了很多。

男子离开的时候给了尼娅一张名片,说无论何时,只要她一个电话,他就会随时来到她的身旁,他会为她24小时开机。

尼娅点点头,甚至没有说再见。是啊,为什么要说再见呢?再见,也许是再也不见呢。

小腿才拆了石膏,尼娅小心地在房间里练习走路。还好,还可以走路,这样就不用麻烦别人照顾了。

尼娅打开电脑,登录QQ,好多留言,唯独没有她朝思暮念的那个人。眼泪顺着脸庞,轻轻地滑落。

难道曾经山盟海誓的爱,真的经不起财势权利的诱惑吗?

三

尼娅忘不了的那个人,是她的初恋男友,叫郝林。很小的时候他们就认识了,算是两小无猜,青梅竹马。

每天清晨,郝林都会在尼娅家的楼下吹一声响亮的口哨,尼娅便跑下楼,坐在他的自行车后座上,两个人摇摇晃晃地去上学。

小学、中学、大学，他们都冲破各种关卡，努力地在一起。大学毕业那年，郝林说校花想让他去她家的家族企业上班，校花在学校一直追求郝林，郝林没有答应。

那一天，尼娅约郝林去看电影，郝林说什么也不去，还说电影没什么好看的。尼娅却坚持去看，郝林拗不过她，便来到了电影院。

电影散场的时候，郝林毫无征兆地对她说了"分手"，人声鼎沸的电影院里，她站在人流里，眼中无泪，心却哭得汹涌澎湃。郝林说他们之间的爱就像一场电影，就算是通宵，也还是要散场。郝琳走得那样决绝，甚至连背影都没有留下。

她不知道原本甜蜜的爱情怎么会就这样坍塌，瞬间走向崩灭。

从同学那里得知，郝林去了校花家的家族企业上班，很快就会成为校花的老公。那一刻，尼娅的心碎成了千片万片，零落成泥。

尼娅是个孤单的女孩，自小父母双亡，跟着爷爷奶奶长大。16岁那年，爷爷病逝，18岁那年，奶奶带着满心的牵挂也离开了她。

幸好，还有郝林在。从那刻起，郝林成了她唯一的支柱，唯一的依靠。

而现在，郝林变成了她心上的一根针芒，时时刺痛她柔弱的心。

"如果你过得幸福，过得比我好就好。"尼娅轻轻说，今天，是郝林和校花结婚的日子。

四

近些日子的清早，尼娅总会被敲门声吵醒，是那个撞伤了她又照顾她的男子，尼娅没看他留下的名片，一直还不知道男子的姓名。

男子买了早点，看着尼娅一口一口吃完，适时递上餐巾纸。尼娅惊讶一个男子会如此细心、如此无微不至。

男子说："你的伤好了，哪天我们去看场电影吧。"尼娅点点头，"那到时候我来接你。"

还没迈进电影院的门,尼娅就受不了了,她知道她还爱着郝林。尼娅以为自己自小经历的离别多,可以轻松地忘记,轻松地开始新的生活,但这一次,她高估了自己。

坐回车上,男子说:"你也在电影院有过离别吗?我的女友是在电影院和我说分手的。我以为有你陪我,我就有勇气走进电影院,没想到……"

原来,爱情就像临水照花人,每一个旧爱,都履过了疼痛的影子。

回到旅馆,尼娅开始收拾行装,她打算回家去。她第一次拿起他留下来的名片看,原来他的名字叫冯博,是一家合资公司的工程师。

尼娅离开的时候没有告诉冯博,她选择孤独上路。车开没多久,她就收到了一则短信,是冯博发来的,只有七个字:带一朵花儿上路。她笑了。她透过车窗望向天空,她已经好久没有张望这天空了。

远远的列车,缓缓地行驶在已定的轨道上,风从车窗吹进来,仿佛夹杂着一种呼唤,尼娅的心底浮现出一个身影,一种眷恋瞬间浮起。几缕阳光让目光所及的景物多了些欢快明媚的色调,在她心内折射出丝丝缕缕的色彩。清爽的心情,将一切照亮。

一年过去了,一切都还是旧样子,只是没有了郝林静静的身影在那里伫立。

打开窗户,除尘清扫,就像清掉一些从前的记忆。她已经知道该用什么来替补黯然失色的日子了。

郝林来找她,说他已经和校花离婚了,他根本不爱校花,他说和校花结婚是一时糊涂,也是被逼无奈,因为校花当时骗她说自己怀孕了。

尼娅只是听着,不说话。郝林说他还爱着她,他要和她一切重新开始。

尼娅摇摇头,轻轻说:"你太贪心了,你没有资格得到我的尊重和怜悯。"

五

尼娅卖掉了爷爷奶奶留下来的房子,离开的时候她没有告诉郝林,她对自己说：忘记他，忘记一切……

尼娅对冯博说想去远方旅行，冯博说记得带一朵花儿上路。

走过江南塞北，再也没遇到如冯博一样对她细心入微、懂她的男子，他已成为她心里的岸。

那一天，她又来到了海边，还住在那家旅馆。旅馆老板说不用付钱，一位姓冯的先生几个月前就预定下了你的房间。

尼娅的心在平静中层层密密地泛起微澜，脸上摇曳着花姿娇容。

尼娅拨通了冯博的电话，一句话也没说，没过几分钟，冯博就来到了旅馆。

冯博轻轻说："我知道你会回来的。"

尼娅笑了，轻轻挽起裤管，在她右小腿的伤疤上，纹着一朵连理海棠。她说："无论我走到哪里，都有一朵花陪着我。"

冯博说："咱们一起去看看海吧。"

海，依旧幽蓝幽蓝，尼娅的眼里看不到了忧伤，她的心已变得和大海一样干净、宽阔、从容。

尼娅和冯博谁也不说话，他们的爱早已在心底出落成花的模样。那花儿携着两颗心温暖相拥，懂我懂你，纵然静默，也是最好的爱。

（原载《家庭文化》2014 年第 5 期）

每一对恋人都有令人羡慕的眼神交流和情感共鸣，愿天下有情人终成眷属。

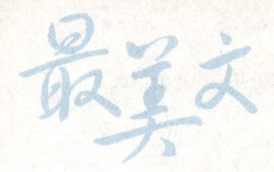

假如樱花不曾说话

文/胡识

青春是一本太仓促的书。

——席慕容

山哥和阿莹是高中同学,阿莹坐第三排,山哥坐在她的后一排,他们都是班上的三好学生。每当山哥停下手中的圆珠笔,山哥就会盯着阿莹的后脑勺发愣地看上几分钟。如果看到阿莹用手梳理那一头乌发时,山哥的心跳就会加快好几拍。

放学时,山哥总会站在窗户边,他痴迷于阿莹骑自行车离开校园的样子。微风会吹动阿莹那淡蓝色的校服,就好像有一道此起彼伏的浪花打在她的脸上。山哥总在心里感慨,阿莹笑起来真好看。

两年后,山哥和阿莹去了同一座城市念大学,山哥和阿莹只有三站距离。周末,山哥会去阿莹的学校看她,偶尔,阿莹也会来看山哥。他们喜欢吃串串,一起散步,每次聊到读大学该不该谈一场恋爱时,山哥立马就会跑到阿莹前头,转过身子,拍着胸脯斩钉截铁地告诉阿莹:"莹儿,谈,必须得谈啊!"

那时大二,有一个男生正在拼命地追求阿莹。但不知道为什么,阿莹就是不接受那个男生的告白。阿莹说,她对那个男生没有一点好感,绝对不会喜欢上他。可山哥不信,他在某天晚上鼓励阿莹说,出门在外,有一个人对自己那么好，何不闯开心扉试试？

阿莹摇摇头，说，不，不可以。山哥笑了笑，伸出两只手，捂着阿莹的脸，说，阿莹！这次你真可以试试，我觉得可以。阿莹没有继续说话，立在风中傻眉愣眼地看着山哥，她只是感到有些透骨心酸罢了。

自从山哥坐在阿莹的后面那刻起，这个昔日里被学校的男生誉为校花的女神就喜欢上了他。阿莹本来可以上更好的大学，但她为了能够经常见到山哥，竟瞒着父母偷偷报考了他旁边的一所大学。

阿莹总能梦见山哥上大学后骑车载她去看学校的樱花，他们在樱花树下十指相扣，他们许愿永不分开。阿莹几乎也能感受得到山哥对她的喜欢，她一直在等。山哥也曾想过要对阿莹表白，但每当自己想开口时，他就会感到害怕。他怕阿莹的拒绝，他怕他们连朋友都做不成。

但他们不会知道，如果樱花喜欢上另一朵樱花，它会在起风时，从枝丫上奋力挣脱，它得和另一朵暗恋已久的花来一场浪漫的邂逅，但那些约定在花里相见的男生和女生很难读懂一朵樱花对另一朵樱花至死不渝的心。

后来，山哥不再去阿莹的学校。阿莹的身边总是跟着另一位男生，这个男生英俊，潇洒，是学生会主席，还能写得出一手好毛笔字。他们毕业后去了巴黎，而山哥回到县城，做了警察。

有很多媒人给山哥介绍女朋友，但都被山哥拒绝了，每次山哥喝醉酒时他都会哭笑不得地搂着男同事说，他这一辈子只喜欢一个女生，阿莹，他上大学时就管她叫莹儿，多么亲密的关系啊，但他就是恨自己把喊她为"莹儿"的专属权力转移给别人，特别恨。

再后来，山哥从同学口中得知阿莹并没有嫁给那个学生会主席，而是一个人在东京种植樱花。

这时他才忽然想起，那晚，阿莹对他说过的另一番话：如果我认认真真地喜欢一个人，那我希望他能和我在东京开一家花圃，我们只卖樱花。

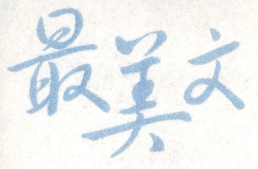

如果我诚心诚意地喜欢这个人,我一定会在某个特定的日子要求他用自行车载我去看樱花;然后我们一起在樱花树下许愿,我们要永不分离,来世还见;如果我喜欢的这个人佯装不知,羞于出口,那多年后我希望我会在东京和他在樱花树下再相遇一次,哪怕只是短短几秒,哪怕我们变得陌生。

突然,山哥想起读大学那天,他用自行车载阿莹在自己的学校观赏樱花,他教她识花,寒绯樱、石割樱、山樱、霞樱、豆樱、枝垂樱等等。瞬间,泪花在山哥的脸上像樱花一样在东京的街头落英缤纷。

我们好像在哪儿见过,也好像在哪儿说过一声再见。我们在一条不规则的路上走走停停,直到有天再听到一群朋友谈论到TA,又或是TA乍然出现,我们才回过头。最终在那个熟悉的风景里找到彼此,等到一颗樱花般的核心。

(原载《语文报》2014 年第 29 期)

> 我们好像在哪儿见过,你记得吗?回想过去,满是那些青春的影子:十八岁的单车和白色衬衣,还有那些温柔的女孩子⋯

从潇湘烟雨的梦境中醒来

文 / 朱向青

  记忆差的好处是对一些美好的事物仿佛初次遇见一样，可以享受多次。

——尼采

一

  直到今天，仍想念在张家界的那些日子。相聚的日子弥足珍贵，诸多细节，历历如目，犹如浮雕般清晰。

  "青山滴黛，碧水流淙，梦回故地重游"。当黛山秀水，奇景异色呈现于我们眼前的时候，那些天以前运筹谋划中的冗细繁琐，乘车旅途中的劳顿疲惫，异地见面时的激动热切等诸种感受，就如同蒸笼里存堵了好几天的热气，忽地被揭掉锅盖之后迅疾消散得无影无踪，我们全副的身心都陡然沉浸在全新的惊异之中了。

  张家界的山，独石成峰，峰与峰之间决不连绵，嵯峨嶜崄。各峰竞相拔地而起，刚硬奇崛，卓尔不群。远山近峰交相辉映，各呈硬朗挺拔之态，别具阳刚豪迈之气。张家界的树，疏朗者直指苍穹，参天耸立，将山峰衬托得锋芒毕露。细密处济济匝匝，把山坡遮蔽得严严实实。

  和山与树形成鲜明对比的是张家界的水，极为柔美细切。流得缓的贴

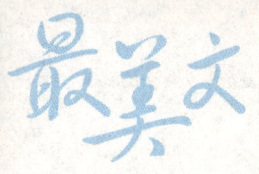

着岩石从容地絮语昵喃，流得急的呈一条银线潺浣而下。急流缓水汇到山底形成一道宽溪就着蜿蜒曲折的山形悄声敛气地向东逶迤而去。

我们冒雨翻越黄石寨，沿着金鞭溪穿越森林和峰林来到天子山景点门前时，雨却更大了，十几个人只好挤在阑檐下躲雨。雨水滴滴答答落下来，似在"洞"前织了个透明的水帘子。我们忆起相识见面前后的一些趣事，雨声笑声交织成一曲。

我忍不住问你："你见到的大家和照片上一致吗？"在一大群喧嚣的人群里，你总是默默不语，我再问，你赶紧拿起相机装做拍照从容而慌乱地遁去。过后，你还是给了谜底：意态由来画不成，一张小小的照片怎能涵括所有的美丽所有的风情和所有精纯别致的特质呢？可这一切又怎能在三言两语之间说得清楚？

二

"梦里相聚何殷切，酒醒后犹自恍惚"。当晚，我们宿于索溪峪。宾馆座落在公路转弯的地方，索溪河载着一川细碎的星斗不紧不慢地流淌着。

蛙声参差，月光如水，站立窗前，索溪河的涛声丝丝缕缕地撞击耳鼓，心内忽地泛起一种身在异乡的那种薄薄的乡愁，却又很快被天南海北彼此相聚的欣喜赶走。大家不约而同拥到站长房间里，你一句，我一句，聊起每人刚开始做这个语文网站的编辑时，无一例外被副站长的苛刻严厉所"打击"，却又渐渐心生敬意的经历。

又说到因为下雨，我带的吹风机成了唯一的宝贝，各家各户每晚排队来借去吹干衣鞋的情形，忍不住大笑，惬意。那晚，房间里灯光亮了许久许久。第三天，从黄龙洞回来，我们又到张家界。当晚聚餐喝酒，大伙儿明显喝多了，却还不舍离去。有人又往大家的杯子里倒满了白酒，这些酒对于几个北方汉子来说是不在话下的。

南国的我在一群陌生而又熟悉的兄弟姐妹里，也没了顾忌，端起杯子抿了一口，几朵飞花红上脸庞，竟也带上了几分北国女子的豪爽之气。你痛快地将杯里的酒一口闷了，然后眯缝着醉眼嚷嚷着再倒白酒，把大家都给唬住了，没人再敢上前"挑战"你。后来的事就模糊了，第二天我们都起得很迟，我才知道那天晚上所有人都喝醉了，一个个踉跄着脚步唱着歌跳着舞摸回各自房间里，倒头大睡。那真是一场抛却了一切拘束的欢乐自由的晚宴啊。

三

我们从张家界穿越湘西，途经芙蓉镇来到凤凰古城，最后两天的时光似乎过得更快。天上老是飘着零落的雨，耳畔是沱江细切的涛声。

走在这片诞生了沈从文、熊希龄、黄永玉等震古烁今的英才俊杰的神奇土地上，一种古老的历史的人文的苍凉气氛就一直围裹着我，心里是一种神圣的敬仰的沉重。带着这种神圣的敬仰的沉重，我们的离别也开始了。

离别的时候，雨却停了，天出奇的睛好。我们相互握手，踏上各自的回程之旅。当车开动的时候，我没有回头，我感觉有许多手仍在向车驰去的方向频频挥动。

我仍没有回头，车开始快速行驰，这个城市中的一切都迅速消失在我的身后。我似乎刚刚从一幅潇湘烟雨的梦境中醒来，索溪河的涛声，黄龙洞的瀑流，天子山的奇石，芙蓉镇的溪桥，还有沉默伫立的你们……一瞬间，都消失在我的身后。

我有些魂悸魄动的感觉。似梦醒之后惊起而长嗟，又有一种烟霞顿失的寥落之悲。

四

客车在黑黢黢的群山中穿行，离长沙愈来愈近了，我似乎听到了湘江的涛声。车内一片寂静，我又想起你向我挥手的样子，似乎一切都不真

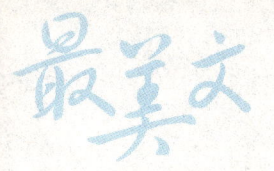

实。我闭上眼睛,另一种离别的情景就像电影镜头一样幻荡在脑海里……

时令似乎是秋天,一些红黄错综的叶子在画面上飘飞着。镜头拉远,滚圆的落日已经搁浅在对面的山顶,血色般的霞光给面前的一切都抹上一层脂粉一样细腻而哀伤的色泽。一棵硕大的榕树下,一对古装男女相对而立。

近景,镜头在古装男子刚毅执著的眼神和古装女子平静深婉的表情之间切换。而后再次拉远,沐浴着血色霞光的苍山如屏环合,榕树无语穆立。在山和树的衬托下,古装男女如两尊相对而立的小小的雕塑。镜头渐远,一条曲曲折折通向远方的山路隐现在画面中。这时候柔情哀婉的音乐似乎从很遥远的地方翩飘而至……

音乐声中,女子盈盈拜别,随风飘然而去,空气中是女子银铃般的声音:幽幽琴声今犹在,翩翩剑影何处寻……男子凝眸伫立片刻,也跃然马上,鞭声里人马绝尘而去。远方传来隐隐琴声,主题曲就随着字幕迭迭而出——

  人如梦梦如水水波逐天
  忆往事事如昨昨夜花残
  西风里人无语秋雁声远
  寻声问还有谁仍在思念
  ……

这样的电影般的画面,我们讨论过多遍了,我还记得我说,生在江湖中的男女真是太有意思了。高山流水,后会有期,很喜欢这样的年代。英雄儿女,侠骨柔情,令人感叹歔欷不已。你说,那时候,交通不便,信号不便,人与人之间的离别或许就在天涯,甚至阴阳之隔。所以,故人重离别,就是这样情形。哪像现在,千里之遥,一日即可相会。你还说现在什么都快，真想回到慢悠悠的古代……

真想回到慢悠悠的古代，是不可能的了。即使那种"执手相看泪眼，竟无语凝噎"的离别情形，也已经恍惚成为极为久远的一种文化风情了。

客车仍在黑黢黢的群山中穿行。我在心里向窗外无边的夜色挥手，让我们的离别也染上一种星空悠悠、林竹萧萧的深沉吧。

五

推开窗，外面是一片翠绿的世界。原来，盼望了一个冬天的春，在不知不觉间无声无息地来了……

时光真是飞快，一年又一年的光阴就这样在我们的指间流淌，有没有一些岁月的印痕，会永远地刻在我们的心上？

想起那些烟雨中的梦境，却又忽地清晰，如同超脱了凡俗的岁月和平庸的世相，轻灵如烟，从尘世的村庄里升出来，一直飘浮到澄澈的空中。直和天上的那些云羿合为一处，成为天空中清纯别样的一些景致。

潇湘烟雨，铭记真情实意。

（原载《闽南风》2014年第1期）

花儿开在雨季，心碎在手里，那瞬间，足够用一生去回忆；花儿开在雨季，心碎在手里，那叫潇湘的女子，太美丽；花儿开在雨季，心碎在手里，那瞬间，足够用一生去珍惜。（潇湘雨）

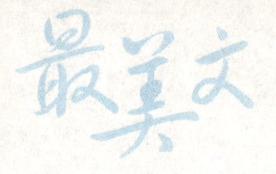

长 廊

文 / 雷碧玉

所有的青春都会逝去,却非所有的逝去都有补偿。

——独木舟

我很喜欢校园里的长廊,那里离宿舍区很远,初秋那里有梧桐的落叶。寂静的午后,搬一张椅子坐在公教的门口看喜欢的小说。微风吹来,黄色的叶子从我浅色碎花长裙的裙裾边飘过,偶尔抬头望望远方的天,秋高气爽,无垠的湛蓝,心一下便空明了起来。

他总在最不经意的时候出现,轻轻的足音从长廊的那头传来。缓缓的步调,瘦瘦长长的影子,还有一双亮得刺人的眼睛。他不认识我,每次他会目不斜视地从我身边走过,缓缓走到拐弯处,在石围栏上坐下来,有时拿出长笛吹,有时坐着看天。

那时的我很单纯,看着他波澜不惊的背影,总觉得他是个有故事的男生,有一种独立红尘的落寞。

我喜欢幻想,有时幻想前世也许和他有缘相遇。或者就是像那个虹桥的故事,惊鸿一瞥后再也忘不了他,然后为他悒郁而终。想完,我总是对自己笑笑,笑自己傻傻的感觉。

时间缓缓流过,大学的生活不像高中,多了很多是是非非,恼人的生活、学业的压力和感情的纠葛。有很长一段时间我没有到长廊,因为那里毕竟离宿舍区很远，而且很多时候都是一群伙伴来去，即便去了也不再有以往的心情。

偶尔我也会想起那时的长廊，想起那个眼睛亮得有些刺人的男孩。不过他好像在校园里失踪了，偌大的校园再也没有见过他。我的感情世界中的男孩子来了又去，告别的时候总是有说不完的理由，我厌倦了。

花了三年的时间，考了能考的证书，得了该得的荣誉，我对自己说最后一年要过自己想过的生活，因为毕业后再也不会这么悠闲了。于是我开始抱着小说回到长廊，累了便看看天高云远的那片湛蓝。

他没有来过，偶尔午休的时候远远的有脚步声传来，我忍不住抬起头张望，却不是他。我觉得自己很傻，说不定他早就毕业了，说不定他现在不再喜欢一个人独处，说不定……我不再让自己抬头张望，哪怕轻轻的足音让我觉得似曾相识。

南风吹起，凤凰花开，四年的大学生活就要画上句号。我用了几个月的时间，终于忙完了毕业论文，工作也定了下来。但又是很久没有去长廊了，我闷闷地想，应该收拾收拾心情，和我喜爱的长廊道个别吧。于是一个午后，我没有带书，去了长廊。

长廊外的墙上贴着"广告学毕业设计展"的宣传，我听舍友好像说今年广告专业有个毕业设计得了什么奖，进去看看吧！

长廊里没有什么人，音乐很轻。今年广告专业的同学都很棒，做出的设计很有新意，还有人用干裂的土和晒干的仙人掌做保护水源的公益广告。听着悠扬的钢琴，我开始觉得这样和长廊道别似乎也不错。

走到长廊的深处，突然有幅画吸引了我的目光，熟识的感觉，一下从心底涌起。画上是初秋的长廊，一个穿着碎花长裙的女孩的背影，正仰望着湛蓝的天空。几片黄色的桐叶，轻轻飘过她的裙裾。画的下角写着：缘分的天空，我们擦肩而过……那年的秋天，你是否也和我一样，静静地把爱情等待……

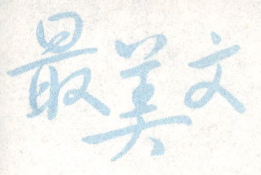

　　我在画前站了很久，泪水毫无知觉地从眼眶滑落，纷乱的思绪怎么也平息不了。我在心底轻轻叹了口气，默默地把泪擦干，转身走了出去。

　　毕竟，长廊之外，还有全新的世界。

（原载《语文周报》2013 年第 16 期）

　　原来有些人一直在身边徘徊，原来有些感觉他也懂。只是已经错过了，错过该是一个多么沉痛的词啊。

时光篱蔓爬上青春眉梢

文 / 卜宗晖

　　青春是多么可爱的一个名词,自古以来的人都赞美它,希望它长在人间。

　　　　　　　　　　　　——丰子恺

　　高中时候,大概十五六岁的样子,有一点点才气,有一点点张扬。在全国性的写作比赛获了奖,心生得意,似乎走在路上都追着风。我的老师和同学,也总是不吝对我加以赞美之词,而我则是在心里面习以为常地认可,渐渐生出张扬之气。

　　这种状态一直持续到了高二下学期,我还沉浸在文字的世界中难以自拔,课堂上总是疾笔写那些锋芒的文字。直到我的学习成绩一跌再跌,老师都不忍心再目睹下去,学校因此不再派我去比赛,父母严厉地勒令我停笔,我才终于醒悟过来。

　　追赶别人脚步的日子是痛苦的,为了补那些落下的课程,我整整做了两本英语笔记,一本数学和一本物理笔记,将近半个学期没有睡过午觉。幸运的是,最终努力和付出都得到了回报,我重新回到了班级的前列。

　　然而高二结束时,文字已在我笔下生了锈,我不敢轻易去触碰那些流水般的句子和篇章,它们曾经给我带来张扬之气。可现在,它们是一地碎片,任我如何努力地拼凑,都再不可能完整。

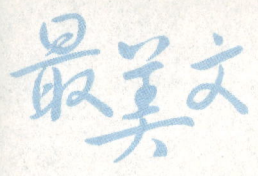

也就是从那时候开始意识到,年轻气盛的时候,总有那么一件事物,让你执着地持在手中不肯放下。谁都会不可避免地爱上它带给你的张扬之气,那是我们握有资本时最骄傲的姿态。

后来上了高三,时光的篱蔓从这堵墙攀沿到另一堵墙,是更深的院子,枯燥和寂寞锁住了我的青春,但是还好,文字给了我一支牧笛,让我能够一直吹响内心的声音。

在朋友的鼓励下,我勇敢地再次提笔,给杂志投稿,终于,文字见于刊物,像许久的心事花开一样,我收获着内心的欣喜和芬芳。偷偷的我还把暗暗喜欢的人化作了笔端流萤。我把微妙的心绪诸于笔尖之下,或晴或阴,我的世界被一个人左右着,但她却毫不知情,或许真的是落花有意流水无情吧,但我还是愿意在她的生命中逐流一次。

也曾独自一人徜徉过最熟悉的那条小道,在高中毕业之后,看到路旁的木棉树依旧长得高大茂盛,曾经守在这条路上的我,如今换了新装变了模样,却依旧止不住对于往事的回想。

的确,青春的眉梢曾经为那些失去的、感伤的往事而扑簌簌地落泪,但又能有几个人不会这样?当它们纷纷成了记忆中模糊的片影,请记得是它们为你打开了心灵世界的那扇窗,给你投进了光亮,让你从此舍不得关上。我开始学会对这个世界眉宇相笑,尽管我守着风雨不一定见云开,但是我相信嘴边的彩虹一定会来。

回忆起整个高三阶段最让我骄傲的事,不是哪次模拟考考了多少分,而是我写的词成了班歌的一部分,尽管没有人能为它谱上曲,但大家还是很有才气地为它引用了贝多芬的钢琴曲,让它成了我们大家庭中的一份子。得到大家的认可是件很令人高兴的事,终于有那么一刻,我们为青春唱响的主打歌是来自于内心真实的声音。后来我把这份手稿夹在一本书中,但是繁忙的高考之后我再也没有发现它,这件事至今仍是我内心的遗憾。

一切都会落幕，一切还在上演，高考的结束不过是另一个新的征程的开始。那天整理东西，无意间翻到高一高二时的课本，发现随处可见我打的文学草稿，数量之多让我不禁怀疑自己曾经装着多少少年心事，只是它们都已经随着我长大，褪下张扬之气的外表后显露出澄明的光彩。

时光篱蔓曾经爬上青春的眉梢，它触痛过我们的神经，让我们紧张，有些泪水也是拜他所赐。但是别忘了，你眉宇间笑的时候，它的内心其实和你一样柔软。

（原载《语文报》2015年第19期）

很多东西因为一场考试就消失了，包括那年的暗恋，那年的情愫，还有那些低眉善目的男生女生。可是每次想起，心里还是那么柔软。

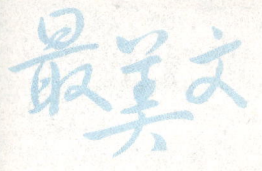

老橡树下

文/〔英〕休·辛普森 孙开元翻译

死生契阔，与子成说；执子之手，与子偕老。

——《诗经》

村子里无论男女老少，都喜欢在这棵老橡树下相聚。他们三三两两而来，各寻知己，坐在树下谈天说地，然后再各自散去。这就是人们在橡树下时最开心的事情。

这是棵高大参天的老橡树，孤零零地矗立在紧挨橡林村的一座小山的山顶，可以想象，自从天地初开，它就在俯视着我们的村子。

这棵活化石橡树的老根纵横盘亘，是人们天然的安乐椅，经过天长日久的裤子的打磨，变得光润平滑。

有多少年青人的初吻都是偷偷地在老橡树下进行的，有多少男孩是在老橡树下鼓足勇气和情人第一次约会。他们在树下翻肠搅肚，想着如果自己被拒绝该怎么说。女孩们也一样，坐在树下脉脉含情地看着心上人，期待着他能说句知心话，都会想着如果和他约会，自己应该穿哪件衣服。

老橡树知道一代代本地乡下人的希冀、梦想、爱情、失败和成功，但它不会向外人泄露这些秘密，它是我们最忠诚的朋友和聆听者。

这就是为什么伊丽莎白·布朗小姐有一天来到了这棵老橡树下。那天酷日当头，当她吃力地爬到山顶后，已累得粉汗微出，薄薄的印度棉线上衣沾在了身上。她站在表皮粗糙的树下，老橡树垂下枝条为她遮挡住了阳光的炙烤，看着在清香的微风中摇曳的枝叶，她轻轻吁了口气，心中一分舒畅，三分烦乱。她轻轻靠在树上，让树干支撑着她的身体和意志——现在身心都已疲惫。她试着理清思维，仔细地思考着发生的一切。

一个旅行者正站在不远处的一块巨石后，为了躲避烈日和行人的目光。他在投入地作画，除了橡树下忧郁的少女，他心无旁骛。他想把自己的目光从女孩身上移开，但却是徒劳，少女的一举一动深深地吸引了艺术家的注意力。

她看上去普普通通，她有一头棕色的头发，长短适中散在脑后。她面庞清秀，神态悠闲高雅，略显丰腴，却更给她增添了几分妩媚，除此之外并无特别之处。

他离她并不远，但还是希望更近些，以便能看清她的眼睛。他只看到她有一双淡蓝色的眼睛，在她平凡的脸上显得很不一般。这就是为什么他非要画这双眼睛。

伊丽莎白穿着一条宽松漂亮的紫色棉布裙子，上部是象牙色。她双手抱膝，屈在胸前，裙裾在微风中轻轻摇摆着，时而露出令人心荡神驰的秀腿。

他手中的画笔疾速地滑动着，想在她走之前就把画画好。把颜色调好色，他熟练地在画布上涂画着。吉米·汤普森是个敬业的画家，他可以为了自己的事业披星戴月，如果不想起火为自己做饭，他可以每晚在异乡饭馆里就餐。无论严寒酷暑，只要需要，他都会保持这种游牧式的生活方式而自得其乐。

吉米到哪儿都开着他的那辆老式露营车，他把这辆车当成了家。他云游各地，在一个地方呆够了，就开车另寻他处。他靠在路旁卖他的画为生，偶尔也在农场干一段时间的体力活，这使他的体格一直都很健壮。他是一个与世无争的人，一切随遇而安。他是很少的敢说自己很快乐，别无它求的那几个人之一。至今还没有哪个地方吸引他停留太久，但也许在某地、某时或某件事就会拴住他的心，让他在墙上钉个钉子，挂上他的车钥匙。

至少在今天，他休息的地方还在一个半山腰，画着一位艺术家明显察觉到被忧愁笼罩着的梦幻般的少女，这正是画家想要捕捉的一种意境。但少女还有一种别样情怀，只有他的心灵才能感受得到。

在画作完成之后，他坐下来长久地默默地注视着前方，他被眼前的少女迷住了，唯恐他的出现会扰乱她那宁静的时光。

她站起身，掸了掸了身上的尘土，她伸展了一下久坐的腰肢，树影间的阳光流泻在她的秀发上。她转过身，把一只纤柔无比的手掌放在了树干上。吉米好奇地看着她，她在干什么？为什么这个普普通通的女孩让人如此着迷？

等到双腿恢复了活力，她也做好了决定。她的手从老橡树的身上轻轻滑了过去，树荫的庇护让她在纷乱的尘世中获得了一份心灵的明净。

她向山下走去，她要向格雷格表白自己的心事，这不是那么容易，但也不能再拖。格雷格是个好小伙，一个敦厚、善良而且温文尔雅的男人，一个能让她笑，也能让她哭的男人。他给了她快乐，让她感到了自己是无可替代的。

她一度认为自己也是爱他的，就在昨晚，当银色的月光洒在窗前时，甚至是今天早上醒来，她还梦想着戴上白纱巾，接过那束玫瑰花。但经过橡树下的久久沉思，她明白了，他并不属于她。

她放不下的是另一个人，她也说不清他是谁，但知道他正以自己的方式走近她，而不是以格雷格的方式。想到如果拒绝格雷格的求婚，他会受到伤害，她的心里就很痛苦，但她不能欺骗自己。

当少女差点与画家撞了个满怀时，她不禁惊慌地"啊"了一声。他又黑又长的卷发散在肩头，他的微笑让她心慌意乱。"你好，我知道你经常到这来画画的。"她对眼前的陌生人说。

"是的小姐，在下常来。"他的声音浑厚，带着很明显的爱尔兰口音，双方好像对彼此的第一次谈话并不感到意外。

他看着她清亮的棕色眼睛，不是在树下时的淡蓝色，但他一点也不遗憾。他把世界展现在了她的眼里，她的双眼映出了世界的美丽。

初秋时的第一棵橡子从老橡树上落了下来，秋天是个收获的季节。

这就是我的祖母和祖父第一次相遇时的情景，我不知道他们的浪漫故事是否是真的，但祖父就是一直这样对我们讲的。他在去年去世了，祖母把他的骨灰撒在了山上的岩石下。

那里就是祖父画画的地方，当祖母站在那棵老橡树下时，他们的故事就开始了。祖母现在还是每个星期天都到那儿去，她今年八十七岁了。看，现在刚刚是八月十五日，就已经有一颗橡子成熟了。据说每年第一颗橡子成熟时，就又会有一对年青人要在这棵老橡树下坠入爱河了。

（原载《语文周报》2015 年第 18 期）

我们依然那么容易感动，是因为我们依旧还相信爱情。这世间总有伟大的爱，激励着我们去相信爱情。所以，一定要好好爱。

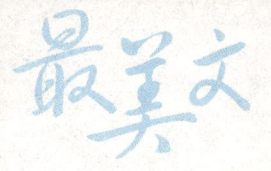

和雨滴赛跑

文 / 李娜

孝敬父母可以代替最高贵的感情。

——孟轲

父亲是天刚蒙蒙亮就出门的,我在半梦半醒间听见母亲自言自语地说了一声"怎么一个人就出去了",脑袋里还是一片混沌,有点冷,我拉紧被角继续睡。没过多久,我似乎听见雨珠砸在玻璃上的啪啪声,又急又快。母亲嘟囔着"哎呀没带伞呐",接着传来窸窸窣窣的翻找声。

像是一个讯号击中大脑,我推开混沌,迅速起床、穿衣、拿伞往外奔跑。父亲出去了多久?我完全无法精准推算,无从言说的惭愧从身体的某个角落里蹿出来,嘲笑着我自诩的"倾尽所有爱父亲"的决心,我竟连上天最浅显的试探都无法通过,真是讽刺。

我估摸父亲会走的路线,便在那条路上狂奔,我要和雨滴赛跑,向老天证明我不是一个骗子。

父亲,刚强了大半辈子,还是迎面撞上了我们最不愿狭路相逢的敌手,在这场没有硝烟的战役中,父亲不得不往自己苍老佝偻的身体套上已经破朽残破的铠甲。往昔宽厚的肩头如今小馒头似的耷拉着,目光低垂着,不爱说笑,早已没了曾经的勇猛。他颤巍巍地拾起我们塞给他的戟,拖着那张笨重的盾牌,吃力地走进战场。

看吧，我的英雄已经完成了最艰难的跋涉，我明白此时的他，只是想找到某个避风的树洞，歇一下，就一会儿。

母亲的着急不亚于我，生着这种病，医生叮嘱过千万不能感冒发烧，不然……不然"那个东西"会长得很快，我真怕。一直以来，即使确诊了，我仍称它为"那个东西"。若不是在某处关键的地方，我总不愿说出它的名字，我怕一旦说了，它就真得缠上我父亲，缠上我们。

终于，我看见返程的父亲，很远，但我确定是他，他头上戴着便携式的广播耳机，抿着嘴昂首阔步地走。雨水已经打湿了他的帽子和肩头，可他就像过滤了眼前的雨幕和困境，昂着头不为所动。

一下子想起小时候，有段时间我在外婆家生活，每次得知他们要来看我，我便早早站在路口急切地盼望着。当远远看见他们走来时，我会拼命向前冲刺着任性地砸进父亲怀中，他总是牢牢接住我的脆弱和思念。

那时，我的世界是光亮、香甜、有满满橘子水味道的，可是，我再也无法回到那个一模一样的怀抱了。

迅速为父亲撑开伞，我已经无法从他苍老的脸庞上读出他的心思，我问他冷不冷累不累，他都摇着头看向前方。我不知道他在想什么，但我知道他是宽慰的，因为我来了。

即使我姗姗来迟，他也不会在意，因为无论何时何地，他总是无条件地包容我。我第一次清醒地意识到，我能在一件事里使用上父亲母亲的词眼，便是极幸福的事，此时，我的家是完满的，我有父亲母亲，我不去想以后。

回到家，母亲掩下担忧端来热蜂蜜水给父亲喝，我拿出吹风机认真地吹干父亲的肩膀、后背、手臂和腿。在心里感谢这场雨没有倾盆而下，感谢行道树为父亲挡去一些雨珠，感谢帽子保卫着父亲的头部，感谢一切当我不在时，看护父亲的一切。

他消瘦得厉害，小小的身子坐在那里乖乖地任我指挥，就像小时候，

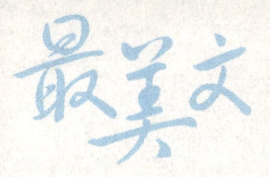

他用干毛巾擦干我被大雨淋湿的头发。那时候,我也小小的;那时候,父亲是我的英雄。

之后,我学会早早起床,等着父亲出门,和他并排走在晨间的清新中,走在无人的马路上,走在悠长的岁月里。向整个快要苏醒的世界说早安,向每一个未知的明天踏出我们最坚实的步伐,一二一,昂首挺胸,向前走。

(原载《考试报》2013年第14期)

孝敬父母不能等:等待就是一种遗憾,而遗憾是不能补救的,所以我们要珍惜与父母在一起的每一天。